人文书系
诗散丛书

叶 舟 ◎ 著

大地醍醐

花山文艺出版社
河北出版传媒集团
河北·石家庄

图书在版编目（CIP）数据

大地醍醐 / 叶舟著. -- 石家庄：花山文艺出版社，2022.3
（"诗人散文"丛书）
ISBN 978-7-5511-6082-7

Ⅰ. ①大… Ⅱ. ①叶… Ⅲ. ①散文集－中国－当代 Ⅳ. ①I267

中国版本图书馆CIP数据核字(2022)第026095号

策　　划	曹征平　郝建国
丛 书 名	"诗人散文"丛书
主　　编	霍俊明　商　震
书　　名	**大地醍醐**
	Dadi Tihu
著　　者	叶　舟

责任编辑	郝卫国
责任校对	杨丽英
装帧设计	王爱芹
美术编辑	胡彤亮
出版发行	花山文艺出版社（邮政编码：050061）
	（河北省石家庄市友谊北大街330号）
销售热线	0311-88643221
传　　真	0311-88643234
印　　刷	河北鹏润印刷有限公司
经　　销	新华书店
开　　本	880毫米×1230毫米　1 / 32
印　　张	7.5
字　　数	146千字
版　　次	2022年3月第1版
	2022年3月第1次印刷
书　　号	ISBN 978-7-5511-6082-7
定　　价	49.00元

（版权所有　翻印必究·印装有误　负责调换）

目 录
CONTENTS

何谓丝绸之路 / 001

西宁的街道上走过 / 021

伪经、伊斯拉姆·阿洪和赝品时代 / 029

青海湖上 / 044

复仇 / 047

婚礼 / 051

打猎的故事 / 056

仓央嘉措道歌 / 061

何谓边地生活 / 072

1919年以来的沉默 / 082

街道：一只船 / 087

杀人的民谣 / 101

减法 / 103

将进酒 / 106

幸福在哪里 / 109

幸福这个人	/ 111
葬仪的行进	/ 113
追悼几个词	/ 114
一日不作,心生荆棘	/ 116
飞越疯人院	/ 119
春天	/ 121
世上的天平	/ 123
破碎	/ 125
书道	/ 126
牧云的人	/ 128
世上的奇迹	/ 130
彩票经	/ 133
标点	/ 136
夜半	/ 138
仿佛	/ 141
发面	/ 143
黄金在枝头转移	/ 147
牙疼的精神分析	/ 151
写照片	/ 154

街上的事物	/ 201
苏东坡和他的朋友们	/ 203
下扬州	/ 214
探班记	/ 225

何谓丝绸之路
——以河西走廊为例

丝绸是柔软的，它的幽雅与奇幻、色泽与纹理，代表了精致、富庶、高贵、江南、水以及摇曳斑斓的理想生活。它是古代中国的一个世俗符号，让一辈辈的先人们趋之若鹜，渴望衣锦而行。丝绸也是坚硬的，当它从中国南方的蚕桑之地一跃而起，掉头北向时，一种神秘的意志与情怀便贯注其中，于是它就成了拓荒、西进、光荣、牺牲、开放和胸襟的代名词。它腋下生翼，高挂于北斗之上，由此成为我们这个民族一根生动的血管，一条脊椎般的天路，纵横西东。

谁也未曾料到过，一只卑微的蚕所吐露的内心，却在此后风沙漫天的西域，在苍茫无尽的岁月深处，结成了一条天网般的大道。——在这条路上，走来了宗教、乳香、琥珀、玳瑁、玉石、天马、植物和各种菜蔬，也走去了丝绸、铜镜、凤凰、纸张、印刷、儒典和灿烂诗篇。这条路不仅输送了贸易、技术和图案，同时也交流了思想、伦理、道德和人生观。无疑，它是人类历史上最具想象力和变革精神的一条通道，它用一匹浪漫的丝绸，将东方和西方紧密地簇拥在了一起。它是当年的全球化的逼真体现。它犹如一道灵光，让古代中国获得了神示，找见了一块"上马石"，也找见了一片能够凭倚的广袤后方，一个新的方向。

所以，当卓越的地理学家费迪南·冯·李希霍芬男爵于1877年，在他的《中国》一书中第一次造出"丝绸之路（THE SILK ROAD）"这个词时，横亘于亚洲腹地深处的这一条天路，便逐渐掸落了灰尘，露出了它清晰的五官和婀娜的身姿。是的，丝绸是物质的，不仅可以蔽体，展示身份与地位，同时亦是能够量化的，去充当货币和军饷。但在我们民族的心灵史和成长史中，丝绸更是精神性的，它是独立、自信、富裕、和平和原创的象征。丝绸之路仿佛一组庞大而顽强的神经系统，延展于长安以西的广大西域，让那里的生民和万物谨守四序，春种秋收，迁延至今。

太庞大，也太深邃了，所以我只能选取河西走廊这一段，来探究丝绸之路的奥义。

河西走廊，亦称甘肃走廊，因其位于黄河上游以西，故又称河西走廊。它东起天堑乌鞘岭，西达古玉门关，绵延一千余公里。它南倚一脉千里的祁连山和阿尔金山，北靠罡风浩荡的马鬃山、龙首山与合黎山，形成了一条绿洲连绵的狭长通道。河西走廊所辖的武威（凉州）、张掖（甘州）、酒泉（肃州）、嘉峪关、敦煌（沙州），自古以来就是水草丰美、物产丰富的西北粮仓，同时又是重要的战略要地和边防要塞。在中国境内的丝绸之路上，尤以河西走廊显得底蕴深厚、波澜壮阔，一再地承载了我们民族最初的梦想和积极的作为。

2013年9月，习近平主席提出了"丝绸之路经济带"的倡议。这一宏伟的创意甫一面世，便得到众多响应。可以想象的是，在新的全球化背景下，这一条尘封良久的贸易大道，这一条被经年忘却的荒芜英雄路，这一片曾令我们民族血脉偾张的友谊桥梁，将再一次焕发生机。复兴丝绸之路，重现昔日的光辉，这理所应当地属于中国梦最有效和最有力的一部分。未来可期，时间和实践将会给予这一倡议以充分的证据、丰硕的果实以及黄金般的品质。

那么，在历史的肌理深处，在流沙坠简似的过往岁月中，丝绸之路究竟为我们民族带来了什么样的启蒙？怎样的开篇？这里，谨以河西走廊为例。

一、河西走廊印证了我们民族奔跑的少年时代与青春期

是的，大地说明了他们。

考察世界上任一民族的历史与发展，必须返身回向，深入她的源头，去探究她何以成为现在的全部理由。这些理由包括骨骼、血脉、经络、DNA等，也包括她童蒙的开启与稚嫩的涂鸦。古埃及人在他们成长的初期，便贡献了灿烂的金字塔、法老、面具、木乃伊和无数尼罗河的传说。古希腊和古罗马人在他们

的发声阶段，捧出了神话、传奇、庙宇和恢宏的哲学，泽被了后世的文学与艺术。在耶路撒冷和阿拉伯半岛上，几个悠久的民族创立了各自的宗教，树立了圣人和规范，由此绵延千年，始终在测度着人们心灵的深度和信仰的方向。在两河流域及波斯高原，一串阿拉伯数字，一本《天方夜谭》，一座空中花园，至今犹如天籁，令我们扪心倾听，获取了不竭的营养与灵感。

在我们民族的早期，也有一个抽枝发芽、表情焕然的天真童年。那时的先人们驻守晨昏，沐浴天地，身体是干净的，精神是清洁的，一派无邪的欢乐。那是《诗经》的时代。她一点儿也不逊色，她奉献出了瑰丽的诗篇、农耕、节气和对这个星球上自然万物的神奇想象。她背靠西天，在东方的土地上一个人顾影自盼，渴望淬火，求取一种庄重的成人礼。

于是，试探来了，匈奴大军仿佛一堵垮下来的高墙，催逼着她快速成长。

如今的河西走廊，呈现出了这个地球上除海洋之外的所有的地形地貌。沙漠、雪山、戈壁、草原、绿洲、冰川以及无垠的良田，使这里成了一片成人的风景，如果你不了解她的前世今生，如果你不曾听见过风中传来的远古的呼啸，你就不会爱上她。那时的匈奴人骑在马上，显然窥见了这一片壮烈风景，他们若一阵烟尘席卷南下，却冷不丁地碰见了一位少年。不，是整整一群，一群长身玉立的白衣少年。

领头的少年叫刘彻。后世的人们因为他的不世之功，将其尊称为汉武大帝。

自秦至汉，我们民族的少年时代便拉开了帷幕。幸运的是，登上这个少年舞台的恰巧是一帮天纵之才，他们好奇，奔跑，血勇，独孤求败，渴望征服，每一块肌肉上都充满了力量与雄性荷尔蒙。他们一心想看遍世上的所有风景，想去追逐落日，去触摸地平线的尽头。那是一个行动的时代，是我们民族的"旧约年代"，没有废话，没有陈词，也没有羁绊。她碰巧遇上了南下的敌手，不免怒发冲冠，引刀一试。

那一刻，江山和社稷就寄在了这一群美貌少年的身上，他们的名字可以开出一个长长的单子：刘彻、卫青、霍去病、李广……他们的信念就是"匈奴未灭，何以家为"。他们相信自己就是一块耐火的城砖，要去奠基。他们明白自己必须做一把刀，不能躲在鞘中，自毁锋芒。对了，还有一个姗姗来迟的使臣张骞。他第一次用双脚丈量了这一条河西走廊，他踏勘，他摸排，他受难，他几乎用一己之力，像一枚尖锐的针刺破了未知的天幕，不辱使命，找见了方向和地平线，完成了这一趟"凿空"之旅。——那一刻，这个帝国在开疆斥土，在金戈铁马上演了一幕幕浪漫主义和英雄主义的大戏。无疑，这是一出恳切而艰难的成人礼，让我们民族在燃情岁月中终于技成出徒，有了初次的飞翔。

的确，唯有大地，唯有河西走廊，才能说明这一群奔跑而壮美的少年。在《飞将军》一诗中，我曾经这样写道：

    多少漠北　多少黄沙碧血
    多少首级　篝火　杀戮和夜宴之饮

多少密集的箭矢　像冲突的内心
多少征衣　带着露水　多少寒凉

让一个人的骨骼清丽　多少回望
多少难以启齿的爱　干涸到底

多少辞别　多少马革裹尸
在丘陵　雪山　戈壁　多少一览

无余的热情　寂灭成灰
多少速度　多少蹄铁和巨石

砌筑了飞行　多少奔跑和跌仆
青春　回忆　燃情岁月中的丰碑

多少结盟　但走下去的还是自己
多少宫阙与丹墀　一册山河里

多少开疆斥土　犹如血红色的
晚霞　犹如一张无辜的羊皮

多少书写　被世代转移

多少酒　胡舞　传唱　被夜色记取

多少天空　忘了祭祀　多少
马背上的神祇　带着秘密的意志

多少里　才能返身看清自己
多少千回百转　配得上引颈一死

也恰是在那时，我们民族才正式获得了自己的姓氏、血缘、谱系和底色，才真正拥有了自己的西部疆域、后方、屏障以及梦想的仓库。这一条千里走廊，带着她无尽的石窟、烽燧、城墙、崖壁和山脊，让一个新生的帝国不仅有了广阔的战略纵深，也有了精神的海拔与高度，真可谓敦煌日落，大漠苍黄，饮马冰河处，西认天狼。

这一时期，我们民族的属相是马。天马高蹈，长歌不绝。

一个人仅仅有了成人礼是不够的，他还需要一场青春的确立。对我们民族而言，这一场青春期的挥洒和宣喻、醉酒与狂欢、追逐和认知，则是由一群从大唐盛世里逃逸而出的诗人和释子们完成的。文章千古事，社稷一戎衣。于是，在少年刘彻之后，在西进的硝烟渐渐消失后，这个国家先后有了法显、玄奘、鸠摩罗什等人去取经，去问道，去译介，去求索，从而满足自己对天边的一切想象，用远方的养料来填充自己饥渴的求知欲。至今，矗立在凉州城内的罗什寺，仿佛仍在用一枚枚珍贵的舌舍利，诉说着当年的脚印、美和青春。

在求法僧的另一侧，于河西走廊的晨昏中，还有一群诗人们衔命出走，一路上题诗作赋，歌吟不断。他们用平仄和声律，去给大地贴标签，去命名、去记录、去寻求一种新的可能。他们给这个国家带来了新的视角、新的叙事和新的道路，带来了别样的方言与风俗，也带来了一个又一个新鲜的地名，以诗入史，以史入诗。他们的诗歌和漫游、想象与书写，是那一个燃情岁月里的主旋律、畅销书和焦点所在。他们内心的律令就是西进、西进、西进，每一个诗人就是一支军团、一支远去的轻骑兵。那一刻，他们一定没有被贬谪、被抛弃、被割肉的孤儿感。因为他们是我们民族最优秀的一批先遣军，一群儿子娃娃，他们相信自己拳头上能站人，胳膊上可跑马，相信唯有旷野中才有真实、磨砺、光荣与盛名，但这些必须靠一腔血勇和青铜之骨骼才能去争取，去拥戴去捍卫。

说到底，那时的他们，心中还保有一个伟大的信条：天下！

天下的秘诀其实就两颗字：兴，亡！但在兴亡之际，有一支笔，一卷空白的汗青，就站在你的面前逼视你，让你判断和抉择。那一刹那，天下也等于一册史书，菩萨心，霹雳手，你要么流芳，要么遗臭，它会一丝不苟地书写你，毫无绥靖和模糊。

天下还是一个词：天良！他们笃信三尺头上有神明；有一根尺子在测度；有一杆秤在称量；有一盏心灯，永远不会被无辜地吹灭，像太阳。

天下另有一个同义语：苍生！

因为，那时候的江山远阔，是用来眺望和珍爱的；那时候的月亮也朴素，是用来怀想和寄托的；那时候的飞鸟有翅膀，野兽带牙齿，大地上的四季泾渭分明，是和苍生一起合唱的；那时候的一封家书蓬头垢面，足够跑垮一匹马，跑烂十几双鞋子；那时候的钱叫银子，是月亮白的，揣在怀里是沉甸甸的；那时候还有一种普天下的香草，名叫君子；那时候天上有凤凰和鲲鹏，地上有关公和秦琼，亦有剑客与死士，身上背着忠义和然诺，万人如海，不露痕迹；那时候的心也是亮的，还没有瞎掉，一睁开眼睛，就知道天良犹存，所谓的天下其实是每一位苍生的。

明月出天山，苍茫云海间。长风几万里，吹度玉门关。于是，像李白、王昌龄、岑参、王翰等诸多诗人的浪漫诗篇，一定有着她命运般的来路，同时也宣喻了她不可遏止的方向。——向西突进，经略西域，就是当年的国家叙事，也是我们民族在那一个青春年代的叙事主轴。此可谓剑影处，飞沙走石，梦功名，投笔也昂藏。英雄路，正堪回首，标汉追唐。

无疑，在这一场焰火喷涌的青春期，我们民族的属相是龙。盘踞天空，佛雨洒布。

二、河西走廊的尘封，让我们民族
　　失却了真正的国家性格

在奔跑的少年时代和青春期结束后，我们民族俨然花落莲出，成了一个泱泱帝国，坐在沉重的龙椅上，进入了漫长而臃肿的中年。——她有了刻板的秩序与等级，有了严格的礼仪和规制。她的富裕和胃口，让身形渐渐肥胖了起来，蜷作一团，忘了眺望和警醒。她刀枪入库，马放南山，让其放弃了追逐与做梦。她实行了严格的海防和塞防，鸵鸟一样，令自己的版图慢慢枯干，逐渐板结，以至于内心坍塌，有了深渊般的黑洞，吸食一切积极的作为。她不再血勇，也不偾张，更不凌厉，相反却学会了养生和咳嗽。她炼丹，她望气，她富态，她圆滑，她"三高"。她绘制了各种长生不老的秘籍。她开始灰头土脸地从河西走廊这一条长路上大规模地收缩了回来，埋头于宫殿与朝堂，自锢于内讧和权术，分心于茶艺及歌舞。即便成吉思汗和努尔哈赤像一堵堵高墙倾轧而下，她也只能衰弱无力，在精神上挥刀自宫，顾影自怜，写下一首首弱不禁风的宋词元曲和红楼遗梦。

至此，河西走廊彻底荒芜了，萧条了，干涸了。

在罡风和尘暴掩埋不住的大路两岸，迄今仍留有往昔英雄们的辙印和箭矢,仍有哀歌以及狼烟遍地的灰烬。"北斗七星高，哥舒夜带刀。至今窥牧马，不敢过临洮。"如此凛冽剽悍的谣唱，在后世的岁月中几近于一种传说，一首肝肠寸断的悼亡曲。

致命的是，尘封的河西走廊，让我们民族失却了一次建立真正的国家性格的机遇。

究其里，所谓的国家性格就仿佛一根带电的脊椎骨，能让一个民族挺立起来，持续地拥戴和保有她的民众、传统、文化、政治、历史与锦绣山川。在它的庇护下，家庭、社会、文明礼仪和可持续的繁荣都将成为一种常态，一种题中应有之义。国家性格不应该仅仅是一个民族的表情，也不只是一种感性的表达，更是骨骼、血脉、经络和DNA，静水深流，金沙深埋，一再地揳入了这个民族的心理与肌理的最深处，凝成了一种思想和价值观，须臾不可更替，唯有不断的充盈和丰富，才能勃兴而阔大，犹如参天之树。

一根带电的脊椎骨，往往会在历史的重大关口，霹雳而下，烨烁光辉，一刹那照亮了脚下的道路和方向。但是，在河西走廊以至整个丝绸之路尘封之前，我们民族却来不及去整理、锻造和熔铸，从而失却了一个凤凰涅槃的宝贵时刻。

然而，在地球的另一壁，美利坚民族却辗转西进，抓住了一次重大机遇。

如同地中海之于希腊人，海洋和大规模的航行之于葡萄牙人和英国人，西伯利亚之于俄国人，丝绸之路之于我们民族一样，每一个边疆的确都提供了一种新的机会、新的领域、新的精神契机。这意味着摆脱旧日束缚去寻找出路，重拾自信，不堪忍受且蔑视旧有的思想和桎梏，革面洗心，归纳历史。新的边疆，等同于新的经验、新的制度与活力，也是一个民族能够脱胎换骨的坛场或高炉。

与我们民族的青春期一样，行进在美国西部的那些拓荒者、牛仔、探险家、掘金者、流民、罪犯、土地测量员、律师、警官、牧师等等的，他们一个个都是激情澎湃的诗人，写下了热腾腾的诗篇和隽永流长的家书，寄往东海岸或欧洲大陆，描述着眼前这一片令人惊诧的土地:"天堂似乎就在那里,显露出它最初的天然光彩""我来到了居高临下的山巅,看见下面那富饶的平原、美丽的地面""我们现在……发现置身于移民的洪流中,旧美国似乎瓦解,而向西迁移""远行,远行,我远行越过了辽阔的密苏里河""自由之星亮又大,指向了太阳落山的地方,弟兄们""土地大得叫你走完自己的玉米地就会把你累倒了""到西部去,到西部去,到自由者的土地去,密苏里河在那里浩荡入海""我还要说,人间要有迦南,那就在这里。这里的土地是蜜与流奶之地"。

立国之初,美国人就认为西部的存在对美国经济具有重大的作用。本杰明·富兰克林和乔治·华盛顿等人非常注意个人在西部通过土地投机而获利的机会,但也意识到了西部的尚未开发的富饶资源可以保证社会的自力更生,其特质可以使美国跃居世界上更古老的国家之前。诗人、作家和政治家们也都纷纷呼吁,一个繁荣民主的美国的希望就在这大片大片的"处女地"之上。

这些"在英国遭到命运鄙弃的人",在此后两个多世纪的密集讴歌中,将全世界最华丽的辞藻都贡献给了西部:美丽的草原,最肥沃的土地,最大的林场,长满金黄色谷物的大片庄稼,一望无际的大牧场,第二天堂,这不是肥沃而是无比肥沃的大地……是的,美国的西部具有多种多样的魅力,其中一个就是它广袤无垠且未开垦的"处女地"。在那里,棉花、玉米、大麦、小麦、野牛、黄金甚至女人与爱情,一切都仿佛是上天的赏赐，来得如此慷慨，如此不费吹灰之力。在冒险西进的路上，有关死亡、热病、疟疾、孤寂、挫折、累断脊骨的心酸劳作都被刻意地掩盖了，取而代之的则是阳光、海滩、美酒和新鲜的黄油。人们嗅着太平洋的海风吹来的咸腥气息，一路上丢盔卸甲，马不停蹄，去争取赢得西部，赢得一个个再生的人间天堂。于是乎，仅仅在1848年开始的两年间，便有8万多人像染上了迁徙病毒一般，蜂拥而入，杀进了加利福尼亚。他们并没有呻吟，也不曾叫苦不迭，他们在西进的道路上，渐渐感觉到这是一种"天赋使命"。

由此，"西行"和"老是搬个没完"，就成了这个国家的一种命运，一种国民的习惯和精神状态了。这一时期，美国人是地球上最擅于流动转移的人群，因为前方堆满了财富和荣誉，"几乎是毫无束缚，自由得像山上的空气"一样。

然而，恰是在这一广阔的背景下，美国人开始了对自己国家性格的奠基与塑造。

像所有的西部一样，她的辽远和赤裸，蛮荒和富庶，杀戮与生机，艰辛与成就，都仿佛一对巨大的矛盾体，横亘在每一个意欲拨马转向、踏行西去的人们面前。它既是一份致命的诱惑，亦是一番深刻的挑衅，同时它也是机会、胸襟、光荣、声名和财富的象征。西部是动态的，边疆之外，另有一重重新的边疆和新的地平线挂在天上，喝令人们去发现，去开拓，去占领。西部也是一块试金石，在她面前，所有的虚妄、自满、花拳绣腿以及假惺惺的斯文和教养都会被剥去伪装，露出最终的底牌。

　　于是，当西行的人们面对这一片陡峭而璀璨的天空时，一切都发生了。

　　这时的美国社会的现状，呈现出了一种与众不同的现象。他们相信，一个替旅客牵马坠镫的小孩儿也可能当上美国总统（范布伦，美国第八任总统）；一个平民的子弟通过诚实的劳动，也可以拥有居所和牧场；如果胳膊够结实，腿勤快，敢于付出，倒霉的日子终将过去，蜜糖一般的生活指日可待。他们还相信，处处都有好运气，处处都有幸福在张望，只需要你心中燃起一堆烈焰，一股强烈的不停歇的热情，你终将得偿所愿。——自从脱离了欧洲之后，这块崭新的大陆所呈现出的事实，对全世界来说都是新鲜的，令人大吃一惊的。它具有如此奇特的重大意义，哪怕是凭想象和做梦都探不出什么究竟的。

　　这样的一天总会……来到。他们笃信无疑。

　　是的，因为这个信念，在美国西部出现了一种别样的沸腾景象，到处都是忙碌、奔走、奋斗。人们的脸上堆满了笑容、单纯、信任、热情、坦率、公正、厚道以及雄心勃勃的个人主义情怀。他们蔑视经验，信赖自己的一双手胜于信赖别的一切。他们相信平等和机会。他们粗野可爱，热衷于追求物质利益，"宁可看见自己的小河上有磨坊在磨粉，也不愿意看见维纳斯或阿波罗的大理石雕像"。他们敏锐而果敢，讲实力却又喜好盘根究底，讲究实际而富于创造力，脑子快，办法多，有充沛的精力，也有着一览无余的开朗和活力，以及与大地一般与生俱来的奔放和活泼。在这一片未开垦的土地上,对生存的挑战,激励了人们自力更生和自给自足的念头,从而促进了一种对个人的价值的执守,以及对个人不分出身或教养而去承担政治义务的能力的信念。——所有这些,乃是广阔西部的美丽赐予,也是远方以远的边疆所赋予的显著特质。

可以说,美国的历史,在很大程度上一直是向伟大的西部进军的历史。西部的无限元素,构成了美国传统这个图案中显著突出的线条。它们象征了美国作为一个充满机会、社会更新和进步之邦的观念——美国观念中最基本最持久的组成部分之一。

如上所述,也是在这种西进的过程中,美国的国家性格也渐渐地凸显了出来,形成了他们民族肌理和心理深处的骨骼、血脉、经络与DNA,时至今日,仍然若源头之水,澎湃不减,一眼就能够认出来。这在汗牛充栋的西部片,在电影《燃情岁月》《肖申克的救赎》等一大批影视作品中毕露无遗,引人注目。

这就是美国式的史诗。或者说:美国史诗。

这样的国家性格,注定让每一个公民有了强烈的认同感和皈依感,也有了一种神圣的责任与义务。在《寻找美国的诗神》一文中,桂冠诗人罗伯特·勃莱如此写道:

> 悲痛是为了什么?在那遥远的北方
> 它是大麦、小麦、玉米和眼泪的仓库。
> 人们走向那圆石上的仓库门。

仓库里饲养着所有悲痛的鸟群。

我对自己说：

你愿意最终获得悲痛吗？进行吧，

秋天时你要高高兴兴，

要修苦行，对，要肃穆，宁静。或者

在悲痛的山谷里展开你的双翼。

三、"一带一路"倡议，实则是"中国史诗"的真正开篇

狮子老了，但它毕竟是狮子。

事实上，尘封千年的丝绸之路，并不是远避一隅，也没有一时一刻离开过我们民族的文明进程。相反，在滚滚消失的岁月里，她用自己枯干的脊梁，独自支撑起了一片浩瀚西天，静候着罡风尽逝、重拾山河的那一天。她用不曾凉却下去的壮烈风景，依旧保存下了对英雄挽歌的记忆、追怀和景仰。她用流沙坠简似的诉说，仍然闪现出了昔日的爝火、杀伐与呼啸。她也用了纵贯千里的脉脉深情，吁请和平降临，来为我们民族的昨天、今天和未来恳切祈祷。她沉浸。她不语。她内敛。她一直在酝酿庄严，静待着一个拨云见日的时刻。

或者说，如河西走廊这样优美的仓库，不仅参与了世界上唯一将五千年文明完整带入了今天的国家行动中，她还以自身的卑微存在，保存下了对早期文明的书写与珍爱。在遗址遍地

的河西走廊,有关丝绸之路上的吉光片羽历历在目,俯拾皆是,比如敦煌。

我想说,敦煌如今是一个被严重误读了的概念。在一些左翼的制式乡愁式的散文中,敦煌以及她宝贵的经卷和壁画是被侵略、被掠夺的象征,是落后、贫瘠、谄媚西方的代表。在这类文化保守主义者的笔下,河西走廊以至整个丝绸之路被再一次锁闭了,打入了冷宫,尘暴和风沙让她又一次灰土满面,无辜神伤。

敦煌不光是一座莫高窟,实际上,她是几种文化的总枢,是古代西部中国甚至中亚以远的文化首都。无论从历史、地理、军事、贸易、宗教、民族和风俗,还是从我们民族的缘起与精神气象上讲,她都有一种奠基或启示的意义。敦煌也不是因为藏经洞的发现才广为人知,成为今天的显学的,她始终占据着这一片大陆腹地深处所有文明的制高点,而像莫高窟、榆林窟、断长城、玉门关、阳关等遗址,仅仅是"敦煌"这个母题的一小分子。她是地标。她亦是领头羊。

在2000年出版的拙著《大敦煌》中,我这样写道:所谓宇宙的乡愁和广阔的忧伤,于我而言,只是穿行在北半球日月迎送下的这一条温带地域中,它由草原、戈壁、沙漠、雪山、石窟、马匹和不可尽数的遗址构成。在一首一以贯之的古老谣风中,它更多的是酒、刀子、恩情和泥泞、灾祸、宗教、神祇、生命及牺牲,正义和隐忍提供着铁血的见证;而在人类的烽燧和卷册中,楼兰王国、成吉思汗、丝绸之路、风蚀的中国长城、栈道、流放和最珍稀的野兽，如今都成了一捧温暖的灰烬。——北半球这一段最富神奇和秘密意志的大陆，不是一个地理名词，不是一个历史概念，更不是一个时空界限。它是文化的整合，是一个信仰最后的国度。

一定的，只有在这个方向上，我们民族的龙马精神才有了根据和源头，我们民族也才能重新找回曾经的强劲脉搏，拾取过去的自信与笑脸。

是时候了，"新丝绸之路经济带"的提出，不单是国家层面的审慎思考和战略选择，也是我们民族再次复兴、和平崛起的一种主动作为，更是这一条辉煌大路的再生之旅。狮子老了，但它毕竟是狮子。朱云汉先生在《高思在云：一个知识分子对21世纪的思考》一书中说：21世纪最重要的挑战就是去理解、应对中国崛起及其带来的世界秩序的重组。在过去的300年里，只有4个历史事件可以跟中国的崛起相提并论。第一是18世纪英国的工业革命，第二是1789年法国的大革命，第三是1917年的俄国十月革命，第四是19世纪末到20世纪初美国的崛起。

洵不虚言。

由此可见，重开河西走廊以及丝绸之路，就是要找回我们民族不曾消逝的少年时代和青春岁月。因为血没有变凉，梦依旧滚烫。

2014年7月，习近平主席在一次讲话中，结尾时引用了一生钟爱中国文化的美国诗人玛丽安娜·摩尔的诗作《然而》说：

"胜利不会向我走来，我必须自己走向胜利。"同样的情怀和热忱，也曾经出现在了康乾盛世时的诗人黄仲则的《将之京师杂别》一首中。他这样说："自嫌诗少幽燕气，故作冰天跃马行。"

而现在，重新敞亮一新、开阔包容的河西走廊乃至整个丝绸之路，将会是我们民族复兴大业、实现梦想的"冰天跃马"之旅，更是"中国史诗"的真正开篇。

在1994年写下的《丝绸之路》一诗中，我这样诉说：

大道昭彰，生命何需比喻。

让天空打开，狂飙落地。
让一个人长成
在路上，挽起流放之下世界的光。
楼兰灭下星辰燃烧岁月吹鸣
而丝绸裹覆的一领骨殖
内心踉跄。
在路上，让一个人长成——
目击、感恩、引领和呼喊。
敦煌：万象之上的建筑和驭手。
当长途之中的灯光
　　布满潮汐和翅膀
当我们人生旅程的中途
在路上，让一个人长成——

怀揣祭品和光荣。
寺院堆积
　　高原如墙
　　　　大地粗糙
让丝绸打开，青春泛滥
让久唱的举念步步相随。
鲜血涌入，就在路上
让一个人长成
让归入的灰尘长久放射——
爱戴、书写、树立、起步
以至一路高歌。
帛道。
骑马来到的人，是一位大神。

西宁的街道上走过

在藏传佛教青铜般的吟唱之中，在西部伊斯兰世界穆斯林们圣洁的布礼之中，一卷羊皮的歌页初次展开，这仿佛是青藏高原、黄土高原以及帕米尔高原的合颂、弹唱和起舞。西望青海或是远出阳关，西宁这个旱地的码头就低低地伏卧其上，粗糙，苍白，短促，甚至像一声可以忽略不计的尾音，一闪而过。

但是西部的人民和我，咀嚼着这一只鲜为人知的果核，内心布满潮汐和泪水。它像一首旧歌，一片旧日的风景，一处旧地，一捆往昔的书信和细沙之下爱戴的心情。

在我的诗歌中，西宁应该是这样的——

1992年初春的某夜，风雪弥漫之中，我头一次来到西宁，狭窄的街道上是风的迷宫，雪的旋涡，街道两旁的低矮的人家院落和倾圮的平房忽隐忽现。那是后半夜的时光，我在深长漆黑的街道里遭遇了一大堆羊群，有上千只吧，它们嘶哑地吼叫着进入城市，它们渡过黄河，翻过高高的积石山进入城市。风雪扑面中，我看见赶羊的一个男孩扎在羊堆里，反穿着羊皮袄，风雪挂满了他和偌大的羊群,使他看上去像一只秘密的头羊,充满了孤单和骄傲。我问他,这是去哪里,城市的街道里又没有可以逐水而居的草滩?

"去肉铺。"

"去迎接刀子。"

他说。

而后,他隐没于一大堆羊群中,低矮地伏动着走向街道的尽头。我为这肃穆壮烈的风景所震慑,退至路边,目送它们的背影,心中充满敬意。羊群如泄洪般从我脚下涌过,犹如亚伯拉罕时代集体行动的《圣经》,在空中摊开。

后来,我写下如下的几句:

午夜入城的羊群
反穿皮袄
像一堆灯火中的小先知

午夜入城的羊群
是人,是群众
是一伙失败之后的义军

午夜入城的羊群
合唱队员们
精神抖擞

午夜入城的羊群

名叫"死"

骑住人间的屋梁……

它们沉默地走向西宁这个旱地的码头,分散洒布于隐秘的街道、人家院落、餐桌和各式的礼仪,像怀揣祭品和光荣一般,行至黎明。

就像在日光中穿行于街头巷尾的默默的群众和孤单的旅人,摒除喧哗和躁动。在西宁,因了不同宗教的缘故,深藏密布于低耸屋檐下的街道,像一根根滴水的青铜枝条,静静伸着。因为鲜有高层建筑,西宁像一个铺展的平面,悠动摇曳。

你可以在街头的任何一个角落,看见身着铁红色袈裟的喇嘛。他们心里诵念着。但是更多的,是那些面孔粗粝硬朗,身披藏袍的信徒,口诵经文,转着朵拉(转经筒),走向自己心中的神圣。他们显得和这个时代多么格格不入,自足安详,满脸锈迹却又神采飞扬。

他们从各个角落、街口拥出,去往塔尔寺。——因此,我不得不提到距西宁约40公里的伟大的宗教城市塔尔寺,它和西宁如出一体,互为光亮,而前者代表了数百年延续的精神世界,后者则是彻底的世俗王国。

塔尔寺是藏传佛教伟大的改革家、格鲁派创始人宗喀巴大师的诞生之地,如今在这个幽蔽的山谷里,是无数的经殿和美不胜收的金色屋檐。世上朝拜的路,其实只有一条,而通往塔尔寺的一条狭窄的街道更像是梦幻之路。尤其夜晚,高耸的喇叭里一位粗粝苍凉的老人弹着三弦,用藏文说唱,无始无终,无波无澜,及至天明,梦及佛光。

我只谈谈塔尔寺银塔之内的圣树。

据说,这是宗喀巴母亲生产时流血的地方长出来的,民间风传此树举世无双,有人试图将其树枝和种子培植成树,均告失败。最著名、最奇特的象征或许是它的叶子都有神秘的相像物,并且代表着藏文的不同字母。树皮上也有同样的文字裂痕,旅行者扒掉树皮,发现树干上也有同样的文字形式。

19世纪中叶,著名的宇克神父在他的著作中就描述了这棵圣树:"我们极其惊愕地发现,每片叶子都长着工整的藏文字样,与叶子本身的颜色相比,有的字呈深绿色,有的呈浅绿色……嫩叶子上的字只是刚刚在形成。后来不得不将此树封闭起来,因有太多的人都要用此树的树叶、花果作为纪念。"据说,大约70年前,因为打扫,才将圣树之门打开过一次。喇嘛出来的时候,有一片叶子落在他肩上,上面清楚地写着文字。

而我听到的各种说法,都是这棵"万象树"的无数叶子上写满了"唵、嘛、呢、叭、咪、吽"的六字真言。

纵横交错的路在塔尔寺里穿行着,四面八方拥入的信徒们心地纯净,聆听法号,默念经文祈祷着。然后他们又纷纷返回,像幸福的鸟儿栖居于西宁这个旱码头的街道、窗口和角落,他们煮熟了半扇的羊肉,用刀子削食着,一口气打开了七八瓶青稞液狂饮。早晨的街道上,你总能发现横卧酣梦的汉子,在酒气里飘动着。

在藏族朋友无数次的酒宴上,你总能听到他们的高声歌唱,而往往平素里寡言少语的少女或汉子才是最好的歌手。藏族,一个真正抒情的伟大民族,仿佛只会用歌舞来表达。他们善唱情歌,而这些风靡青藏大地、世代相袭的情歌,据说都出自六世达赖喇嘛仓央嘉措的笔下:

> 我往有道的喇嘛面前
> 求他指我一条明路,
> 只因不能回心转意
> 又失足到爱人那里去了。

或者,你在星夜之下,在淡然的晓风里漫步、冥想、运行和吹息;在曲折往复、仄身而去的西宁尘土飞扬的街道上凝望天空,那么,你总能那样清晰地为一弯镀金的星月所慑服,心里陡然一惊。——它高于飞驰而逝的广阔的屋领,在叫拜楼的圆顶之上,灯光幽暗,昭示着一种俗世之上的皈依和信仰。

那就是无所不在的清真大寺。

就在这处远离了时代,避开了金钱和唾液的所在,在中国西北腹地深处的西宁街头上,你也往往能听到叫拜楼上歌唱一般的呼唤,像钟声频递了钟声一般,辽远、宽广、质地恢宏,传至每条街道每处角落每颗心灵。

噢，圣洁的功课开始了，诵念的大音一阵阵传远……

这就是西宁的穆斯林生活，井然有序，按着心灵的轨迹往前。西宁的穆斯林有回族、撒拉族、保安族、东乡族等诸多民族，但是布礼的心情纯净如一。在西宁的街道上走过，你常常看见那些披着绿色、白色和黑色盖头的不同年龄的穆斯林妇女，你也能看到涌动在大街上的成群的白色号帽和庄重如铁的教袍，这些穆斯林信徒满脸信仰的洁白，笑意浮现。

功课之余，他们又是经商的高手。

所谓经商，更多的是指散落在城市各个角落的饮食摊点。尤其回族，他们独特的饮食风俗构成了这个旱地码头的主流。夜幕四合，烤羊肉的炭火格外热烈，羊腰子、羊肋排、羊筋、腱子肉都被串在粗壮的铁丝上，反复烧烤浓香扑鼻，麦仁和肥腻的羊尾巴煮成的粥，以及高原特有的煮茶胜过了世上其他美宴，这种饮食实在贴切，见解明了，一如高地的自然景致。

然后放声唱了。在西宁的街道上走过，偶尔能听到"花儿"，但那都是磁带里的假声。在西宁体育馆前护城河一带树木浓密的公园里，才有真正地道的"花儿"和少年。

麇集拥塞的人们高耸着头，陌不相识的青年男女彼此引吭，不问你从哪里来，也不问对方的姓氏，开口就唱，只有歌声才含有默许和智慧的情义。人们暗中品评着，眼睛四下里逡巡着，寻找着自己登台亮相的机会。花儿与少年，他们宽大的脸庞被高原紫外线射得深红凝固，干裂的嗓音乍然如石，訇然鸣响，就在这一处歌地，我听见一个衣衫不整面目模糊的积石山少年朗声唱道：

>哎哟哟……
>西宁的街道上走过，
>有一个响当当的磨。

>哎哟哟……
>尕妹妹的奶卡卡（乳谷）上睡过，
>有一团扰人的火。

在深夜的西宁街道上走过，条条道路就像厚厚的书页一样依次翻开，情节无限，旨意盎然。什么超现实主义，什么博尔赫斯的玫瑰色街角，在这里俯拾皆是。某夜的西宁街道上，一个老朽的人紧随着，后来，他站在我的面前，泪水涔涔，抖动不止。他说：

"你是我的前生。

"你不要不承认，你真真是我的前生。

"你在海西的草原上放羊，某天下午，你赶羊上山，羊在坡上吃草，但你在山洞里睡着了，你梦见了佛爷，你醒来以后就会开口，唱了三天三夜的《格萨尔王》，而在这之前，你连半个字母也认识不了。

"你叫仁青，或者西德尼玛，或者才让。

"但你现在是个汉人。"

我说，是的。老朽的人端详了我一会儿，泪水潸然。他说："你现在是个满身脏污的汉人，但你确实是我的前生。"他絮絮叨叨说着，满口酒气，没准儿会突然消失于一个玫瑰色的街角。

或者，有一个年轻力壮的汉子走向前来，他宽大的腰带里别着腰刀。他拍拍你的肩头，问了好，道了久别的思念之情。

"你现在复仇吧，现在。

"我突然醒悟了，我欠下了你的债，你现在砍我一刀也没什么。我不想欠债。

"噢，那是我领走了你的女人，你的女人对你那样好，但是我被魔鬼迷障住了，我是一个畜生，偏偏领走了你的女人哎。

"你复仇吧。"他一连催促道。

而你，只不过是一个在西宁的街道上走过的异乡人，形单影只。

伪经、伊斯拉姆·阿洪和赝品时代

事实上，从阅读的一开始，我就理所当然地将他当成了自己人，并在阅读推进的过程中给予了他一顶顶无畏的花冠。在我这种狂欢式的阅读中，我推断出他是一个天才的伪造者和卓越的赝品大师，我还一再地说服自己深信不疑。后来，我萌发出以19世纪的新疆喀什噶尔为地理坐标来虚构几篇小说。我践约了。在事发100多年后的今天，我在小说中重现了他当初的那种智慧、狡黠和一败涂地，我甚至还杜撰出了他的一段段爱情生活。我在写作的那一个时期，真是太喜欢这个混蛋了。

可事实证明了这种偏爱的促狭和自以为是，循着以下的蛛丝马迹，你将会看到在辽远的过去，发生在喀什噶尔的那一幕真相。

这个人叫伊斯拉姆·阿洪，他最早出现在斯坦因博士的《沙埋和阗废墟记》一书中。斯氏的名字在中国读书界并不陌生，可他更多地和深处大漠中的敦煌藏经洞及其散佚的经卷有关，还长期遭到一些人的诟病与唾弃。陈寅恪先生说"敦煌者，吾国学术之伤心史也"一句，可能针对的就是斯坦因等盗取敦煌宝藏之始作俑者！《沙埋和阗废墟记》于1903年在英国伦敦出版，它主要记叙了斯坦因及其助手在英国和印度政府的支持下，从斯利那加出发，经吉尔吉特和罕萨至喀什噶尔，于1900年10月由叶尔羌到达今天的和田地区进行的探险活动。这个野心勃勃的学者访问并确定了于阗古都约特干，组织队伍对著名的丹丹乌力克和尼雅等文化遗址进行考古挖掘，获得了大量的古代文献、文物，并于第二年的7月衣锦还乡。在伦敦，斯氏将自己在考察中的日记、信函和发掘笔记加以充实，形成了《沙漠埋葬的和阗废墟——在中国突厥斯坦从事考古学和地理学考察的旅行记实》，即汉语版的《沙埋和阗废墟记》一书。

可以想象，在如此繁复的叙述中，斯坦因以一个考古学者科学的理性和英雄主义的激情，对这一片地域做了忠实的描写。他时而是一位杰出的散文家，时而是一个缜密的证据拥有者，时而又改头换面成了一个福尔摩斯。——他的最后一个角色出现在该书的末尾。那时候，他可能已经有了功成名就的预感，便用闲暇的时光来演绎柯南道尔笔下的那个大侦探。斯坦因在该书的第31章中写道：

在最后停留的几天中，不得不进行了一场半文物、半司法的调查。这件事的成功，使得学术界的朋友非常满意，而我也感到极大的愉快。这使我最终澄清了对于那些奇特的"无名文字"的手写文书以及"刻版印刷品"的疑点。

由此,伊斯拉姆·阿洪就成了斯坦因的一个玩偶和垫脚石,用来印证他自己的洞若观火、明察秋毫和智力水平。但事情好像并非如此简单,在这一庞杂的过程中,伊斯拉姆·阿洪可能仅仅是出于对自己的倦怠与放弃,才成全了斯坦因的这种虚荣心。这就像在斯坦因介入此事前,整个欧洲是伊斯拉姆·阿洪的玩偶与"银行"一样。

这一幕伪造的真相,肇始于一个名叫鲍尔的英国陆军中尉。

据杨镰先生所著的《荒漠独行》一书介绍,鲍尔是英国驻印度殖民军的情报官员,有相当好的语言天赋。1889年,年轻的鲍尔中尉接受了一件十分棘手的工作。英国著名的中亚细亚的探险家达格列什在途经帕米尔时,被一个从叶尔羌(今叶城)来的阿富汗人给杀害了。这一谋杀事件引起了当局的关注,英国政府要求限期破案。于是,这一追缉凶手的艰巨任务,就落到了鲍尔中尉的身上。

在当时看来,要侦破这一案件几乎是不可能的,因为凶手可能藏匿于干旱广袤的中亚细亚的任何一个角落,那里民族众多、宗教芜杂、土匪丛生。仅从当时的地缘政治而言,中亚细亚的绝大多数地方非英国的势力范围所能及,俄国早就虎视眈眈了。况且,在荒凉无际的山岭沟壑中,外人的进入是一件不可想象的事情。

那时,鲍尔中尉以组织狩猎活动为幌子,正在中亚细亚进行秘密的测量工作，接手这一项侦破工作后，他迅速以狩猎队为基本力量，构成了一个庞大的地下情报网，把自己的特工和间谍们撒向了阿富汗、中国和俄领的中亚各地，大海捞针，一意孤行。他则独自一人，毫无希望地在漫长古老的丝绸之路上，沿着一个又一个绿洲，绝望地寻找那个负案在身的罪犯。感谢上帝，当他因为追踪一个显然是有意散布的假线索时，他来到了塔克拉玛干边缘的库车。

这个疲惫沮丧的英国人在库车滞留的日子里，很偶然地得知了附近有一座古城，有人还从那里找到了一本古书。可能是出于职业敏感，但更多的是一种冥冥中的造化的垂爱，这个英国人要来了那本古书观看，并在失望之际，欲以此作为"到此一游"的纪念品而买下了这本书。

这是一本用木板夹起来的桦皮书，共有 51 页，上面书写着神秘的婆罗米文（梵书），可鲍尔中尉一个字也看不懂。——幸运之神在一年后光顾了这个英国人，他未能完成任务，只带着那本桦皮书回到了印度，并把古文书交给了加尔各答的亚洲学会去识读。开始时，亚洲学会的那些专家们对这种古怪的文字束手无策，直到该书被德国裔的英国东方学家霍恩勒博士破解，被确定为是 5 世纪时的手稿时，这本世界上"最古老的书籍"才浮出了水面。

可以想象，这本以发现者的名字命名的古书《鲍尔古本》很快震惊了英印学界，整个欧洲世界随后也开始抓狂。在这一过程中，欧洲的报纸连篇累牍地报道着这个传奇般的经过，并赋予了它一种神秘的色彩。其实，根本没有几个人看过这本包含了医药、巫术和灵歌等内容的书籍的真正面目，但他们愿意指鹿为马、添油加醋和无中生有。因此，欧洲各地形形色色的博物馆、图书馆和私人收藏家们携带着巨款，绕道好望角和印度洋，从冰封的慕士塔格峰进入喀什噶尔；也有的乘坐俄国的火车，穿越欧洲腹地到达天山一侧。他们盲目和发烫的眼神逐渐使一个虚拟中的市场成为现实，他们拿着金币吆喝着，好像一群黄牛党。

这时候，一种特定的氛围让伊斯拉姆·阿洪这样的买卖人——后来，他成为我所说的天才的伪造者和卓越的赝品大师——呼之欲出，粉墨登场了。

时势造英雄，洵不诬也。

值得一提的是，西方世界对遥远的东方，一直都有一种蠢蠢欲动的向往和莫名的猜测，这建立在丝绸、瓷器、医术、火药和指南针等一系列神奇产品的基础上。在我的阅读范围内，一则《"祭司王"约翰的传说》是最富有诗意和自以为是的作品。这里不妨摘录一些，以佐伊斯拉姆·阿洪在当时的横空出世势在必然。

传说曰：对十字军东征时代的欧洲人来说，亚洲是一片巨大的未知的土地，是一张充斥着想象与传说的地图。普雷斯特·约翰的传说就记录了欧洲人各色各样的想象。

据传，普雷斯特·约翰是一个信奉基督教的国王，居住在东方的某个地区。他不仅异常富有，而且指挥着一支强大的军队，这支军队将去援助在圣地与撒拉逊人作战的基督教徒。

"普雷斯特"意为"祭司"，人们相信约翰既是祭司又是帝王。他最早是在德国主教奥托的著作中被提及。

奥托写道：1145年，他遇到了一位叙利亚主教，这个人向他讲述了一位名叫约翰的国王的全部情况，他信仰基督教，住在比波斯还远的地方。根据奥托的记载，约翰曾打算去耶路撒冷与基督教十字军并肩作战，但是，他无法让队伍渡过底格里斯河。所以，在河边盘桓了几年之后，他"被迫回到了故乡"。尽管普雷斯特·约翰在渡河这件事上所表现出的缺乏机智可能令人失望，但是一想到在遥远的撒拉逊人的土地上的某个地方，还有一支潜在的同盟军——这个同盟者可能很快就会在后方给穆斯林军队以重创——欧洲人就心情振奋。但是直到1165年，普雷斯特·约翰才再度被人提及，据称当时约翰本人的一封亲笔信开始在欧洲各个宫廷和城市之间流传。信有大约10页长，大都是关于普雷斯特·约翰的显位、财富和虔诚的自夸之词。

普雷斯特·约翰声称，大约有72个国王及其王国处于他的统治之下。事实上，他确实不同于一般意义上的统治者，甚至他的厨师和男仆都由国王来充当。他的王国里有通天塔、不老泉、一条散布着宝石的河流、一群高超的骑手、一块属于女战士的土地和其他许多稀奇古怪的事。但是，他的王国里并未滋生酒鬼、骗子、盗贼或无赖。约翰还声称，他拥有成堆的黄金珠宝，他的宫殿的前边立着一面魔镜，从镜中可以观察到他所统治的所有区域。他是强有力的战争领袖、一个公正而强硬的统治者，也是世界上最伟大的君主。——当然，他也比其他任何基督教徒都更为恭顺。

所有这些，都强烈地吸引着西方世界。

约翰的信被用12种或更多的欧洲语言翻译出来，数以百计的信的复制稿在人们手上传递。1177年，教皇亚历山大三世给约翰回了一封，回信的复制稿被保存了下来，但是没有一封上面有地址，因为甚至连教皇本人也不得不承认，他也不知道到哪儿才能找到这位神秘、强大、信仰基督教的君王。由于缺乏事实根据，当时的地图绘制者和地理学者们便妄加猜测。

最初，大部分人认为约翰的王国在印度某地，这可能是把传教士圣托马斯混淆进来了。此后，人们又认为约翰的王国在中亚细亚某个未标明的中心位置上，这种猜测是基于那些地区存在着聂斯托里和亚美尼亚的基督教组织。到了14世纪，大部分欧洲学者已放弃了该王国在亚洲的猜想，而是乐观地将约翰置于阿比西尼亚或埃塞俄比亚等非洲王国，这些王国确实是被基督教徒所统治。到了16世纪末，约翰的王国甚至出现在了某些荷兰人和德国人绘制的南部或东部非洲的地图上。

1165年的信究竟出自何人之手，学者们对此从无定论，而且像美洲的伊尔多拉多这个传说中的黄金城市一样，约翰的王国也从未被人发现过。像伊尔多拉多一样，它是一个幻想，是一个吸引着许多探险家和冒险者的迷人幻想。15和16世纪，葡萄牙人绕过非洲到达印度乃至更远的地方，葡萄牙人做出的这一航海壮举，部分原因是当时人们仍普遍相信，一个强大而富裕的基督教国家——普雷斯特·约翰的王国——正在东方的某个地方等待着人们去发现。

鲍尔中尉的功勋，就建立在欧洲人这种厚积薄发的幻想上。他一举成名天下知，被封为爵士，在伦敦和巴黎等地频频发表演说，著书立说。他的那件追凶之事，后来有了戏剧性的结果，在这里不能不提。在中亚细亚名城撒马尔罕，鲍尔中尉最主要的两个手下竟然在集市上与凶手意外相逢了。双方在游逛中无意地同时抬头一望，英国人的土著间谍发现对面站着的那个人，正是他们苦苦追寻的阿富汗的杀人犯。

一本毫不起眼的破烂古书，居然让一个尉官一夜成名，这使在印度旁遮普邦当学监并任拉合尔东方学院院长的斯坦因心急如焚。几年后，因为斯文·赫定在中国和阗的发现使19世纪末的欧洲再一次受到震惊，这尤使斯坦因如坐针毡。在世界的目光聚集于中国新疆南方时，英属印度驻喀什噶尔的领事马嘎特尼和沙俄驻喀什噶尔的总领事彼得罗夫斯基，以及英国军官扬·哈斯本（即荣赫鹏——英军侵犯西藏的主谋之一），频频向欧洲散布在塔里木地区不断发现古代文物、文书和大规模的古代遗址的信息。

一时间，从地中海沿岸到圣彼得堡，从英伦三岛至俄国的奥什车站，那些野心勃勃的欧洲年轻人，都将新疆南方看成是"蜜与流奶"之地。

且慢！

我之所以不厌其烦地叙述这些情景，是准备让伊斯拉姆·阿洪的出场，有一个深刻的背景和一阵响亮的锣鼓声。此后，伴随着这种前戏走上前台来的，即是那些手拿金币、满脸欲望的探险家和收藏家。可以说，伊斯拉姆·阿洪不得不进入这个珍贵的角色。一个寂寂无名的江湖巫师，从此在斯坦因的著作中站到了"不朽"的行列中。这是一种幸运，抑或是一种逼真的讽刺？

我使用了一个小说家的特权，试图探究其中的奥秘。

当时，新疆南方的富庶和印刷业的先进水平，无疑为伊斯拉姆·阿洪的伪造工作提供了一切物质条件。漫长的日照和干烈的气候，使植物的纤维变得柔软有力，用它制成的纸张如丝绸般光滑。况且，在19世纪末期，中亚细亚的木版印刷业中，尤以喀什噶尔地区为最高。在席卷了中国南方的太平天国运动失败后，北京的清廷忙于休养生息，一场变法与守旧的冲突即将拉开血腥的帷幕，而处于天高皇帝远的喀什噶尔一带，伊斯拉姆·阿洪的心理秩序必然宽松任性。他天才般地预见到了这个庞大的市场，并积极投入自己秘密建立的坊间，源源不断地为欧洲的购宝者生产出一批又一批的所谓古代文书。

这些仿真的赝品通过各种渠道，流入了欧洲一些博物馆、图书馆的书架上，也有一些摆在了专家学者们的案头，让他们皓首穷经，缘木求鱼，纷纷把自己的一生给毁了。

在这一带有喜剧色彩的欺诈中，不能不提到几个人的推波助澜。

首当其冲的是德国裔的东方学家霍恩勒博士。他因为此前成功地识读出了《鲍尔古本》而声名大振，无可辩驳地成了19世纪末中亚细亚古文字的首席研究家和发言人。正是此人对伊斯拉姆·阿洪制作的那些赝品的无保留的夸奖与肯定，才使后者的产品贴上了"免检"的标签。他的糊涂害了自己同胞的钱财，也使自己昏聩不堪、名誉受损。

另一个人，则是英国驻喀什噶尔的领事马嘎特尼先生（他有一半的中国血统，汉名马继业），在长达28年的驻外生涯中，他一直尴尬地留守在喀什噶尔（世界上离海洋最远的地方——斯文·赫定语）这个职位上。在打理外交之余，他常常花很多的时间来收购民间散失的一些文物，寄给加尔各答或英国的一些研究学会。不可避免地，他和伊斯拉姆·阿洪的某些赝品遭遇在了一起。他成了这个伪造者一个忠实的传声筒和某种意义上的"保护伞"，而伊斯拉姆·阿洪则使他成为所有购宝者中最炙手可热的人物。他收集的文物不仅数量最多，品相和质量也看起来最高。按霍恩勒博士的要求，每件文物一定要说明来源和出土的地点，而这项工作被马嘎特尼一劳永逸地代替了。他独自杜撰了大量的细节，给这些赝品虚构了庄严的出身与高贵的门第。

有时候，文化就是披着政治的外衣畅行于世的。

粗粗算来，这个庞大而系统的伪造工程，制造出了多少可歌可泣的垃圾啊。——在持续10年的时间内，每个到喀什噶尔附近寻宝的人，都掉进了伊斯拉姆·阿洪的圈套里，他的作品几乎遍布于印度和欧洲所有主要的博物馆和图书馆。伊斯拉姆·阿洪获取了大量的金钱,甚至可以说,他是中亚细亚最成功的商人和最有头有脸的巴依老爷了。

但是,只有一个人开始生疑。

他叫斯坦因。

他的野心使其保持着超常的警醒和分外眼红的嫉妒感。他想做那个"皇帝的新衣"前毫无顾忌的孩子,他想大声喊出:在《沙埋和阗废墟记》中,这个志得意满的博士如剥茧抽丝般地将伊斯拉姆·阿洪的伪造生涯翻了个底儿朝天。在后者的声誉日益坍塌下去并落花流水的时候,是博士先生逐渐将自己的聪明才智垒砌到了高峰的一刻。他是一个荣誉的泥水匠。——好在,伊斯拉姆·阿洪迅速供认了自己的一切,至少在斯坦因的著作中是如此。不错,将这些片段的蛛丝马迹予以清理,就可以整理出一篇相当精彩的对话。

在以新疆喀什噶尔为坐标的几篇虚构小说中,我试图这样做了,我打算用这样的对话给人物以丰富的血肉和想象的余地。我的小说依次是《篡改》《秦尼巴克》《1898年喀什噶尔大事记》《伪造者》和《伊帕尔汗》(已陆续刊发于《十月》2001年1期、《红岩》2001年3期、《长城》2002年4期、《长城》2003年3期和《西部》2012年11期上)。

斯坦因以一种扬扬自得的口气写道:"核对了保存在喀什噶尔的记录,以及许多单个证明人的证词,在很多重要情节上,证明伊斯拉姆·阿洪以后的证词是完全诚实的。他具有非凡的记忆力,从霍恩勒博士报告中许多附印的照片图版上,他很快就认出了自己生产的用'无名文字'刻印的版本样品……"

据此，可以窥见伊斯拉姆·阿洪伪造生涯的每一个阶段了。

1895年，当伊斯拉姆·阿洪第一次生产出这种"古书"时，他就顺利地出售出去了。那本作为"试销"的书，据说是模仿了从丹丹乌力克出土的真正"手抄本"散页上的草书婆罗米字体。——这个天才的伪造者，这个充满了想象与激情的混蛋，这个天真的文盲集团的首领，在最初的阶段制造出的赝品精致巧妙。虽然他们自己连那些神秘的文字也一无所知，可他们却成功地欺骗了欧洲的学者和专家们。于是，第一次的喜悦和滚滚而来的金钱，深深地鼓舞了他们，但这样手工抄写的效率并不能让他们满足，他们开始进入了流水线一般的大规模的伪造工业中。

这，就是木版印刷术。

据斯坦因对版本的分析发现，这些随心所欲创造出的文字，在一个时期内的大英博物馆中，至少有12种不同的版本之多。伊斯拉姆·阿洪达到了他事业的辉煌顶峰。虽然在他的产品中漏洞百出，比如那些伪造品在形式上千篇一律、字体显出很大的差异，而且在字的大小、笔画粗细上也有层出不穷的破绽，但欧洲人在狂喜之下简直忽略不计。

悲催的是，这为他最后的暴露埋下了伏笔。

当然，斯坦因在得意之时，还不忘讥讽一番他的偶像和以前极尽勇气追随模仿的先行者斯文·赫定。他在同一本书中写道："刊印在斯文·赫定博士的德文版著作《穿越亚洲》上的'古代和阗手写文书'，可以说是（伊斯拉姆·阿洪）这个工厂晚期比较粗糙的产品。"——而此前,斯坦因却像怀里揣着《圣经》一般,是揣着斯文·赫定的著作进入了新疆南方的。这时候,他可能已经预感到,自己终于可以和斯文·赫定比肩而立了。

斯坦因终于取得了一份"被告已供认不讳"的证词。他夸张地说:"……我得知并可告诉欧洲的学者们,在整个调查过程中,并没有使用东方式的拷问方式。这一点确实令人高兴。"但刚刚开始时却不是这样,开始时,斯坦因说:"漫长的两天,我感觉到似乎是呼吸着印度审判厅的空气。"

伊斯拉姆·阿洪以一种很坦率的方式,彻底说出了自己所有的秘密。

他津津有味地讲述了为给欧洲的那些探险家和收藏家们,提供源源不断的"手写文书"或"刻版印刷"的需要而伪造仿古纸张的全过程,以及看起来像是旧纸的方法。伊斯拉姆·阿洪说:"用胡杨树胶把生产好的纸张染成黄色或淡褐色,树胶溶解在水里,便可成为染色液,……当染过色的纸张写上或印上文字后,再将之挂在壁炉上方使之烟熏成特有的古纸色泽。当然,这种熏制法偶尔不慎也会熏焦或烧坏,带着这种明显痕迹的一些'古书'曾运送到加尔各答。稍后,我们就把这些书页装订成册。后斯的大多数产品,采用的是仿欧洲式的装订方法,但很粗糙而不恰当(往往使用铜钉或纸捻儿),这当然会使人有理由对它的真实性产生严重的怀疑。最后,已经制成的文稿或书本,要在纸页之间再撒上细沙土,使它们装扮成好像长期埋藏过的样子。"

斯坦因补缀道："我清楚地记得，1898年春天，在检查克什米尔一位收藏家的这种赝品之前，曾不得不使用衣服刷子。"

为了继续给自己的智慧方面增添新的证据，斯坦因以一种自夸的口吻说："根据我沙漠考察所获的成果，即使伊斯拉姆·阿洪拒不坦白，已足以处置至今所知的所有赝品。我从丹丹乌力克和安迪尔发掘出的古代文物以及根据由沙漠中所获得的普遍经验，使我很容易辨别出真品与伊斯拉姆·阿洪制造的赝品，这就揭穿了古代遗址曾向他提供文物的无稽谎言。"——在这里，伊斯拉姆·阿洪伪造集团的知识缺憾成了他们致命的毛病。他们太随心所欲了。他们照猫画虎的涂鸦方式，并未能掩盖自己文盲出身的底层命运。况且，喀什噶尔当地中国政府的按办大臣潘效苏的那一套刑具，也在冥冥之中散发出森严的冷气，因为他们差一点儿破坏了"外交关系"。

有时候，叙述会走上歧途。

在这些蛛丝马迹中，有一点是不容忽视的，即斯坦因博士在这件事上的贪功之嫌。

因为，最早开始怀疑伊斯拉姆·阿洪产品真实性的，是一个长期在喀什噶尔面壁布道的传教士亨得·里克。此君在中亚细亚留驻经年，在风起云涌的"淘书热"中也开始操持此道，并频频和远在印度的霍恩勒博士书信往来，探讨一些有关信仰和宗教方面的心得体会，也对霍恩勒博士佩服有加。他对自己的祖国贡献不薄，在斯德哥尔摩的瑞典国家民族博物馆中，就陈列着他搜集的大批赝品，可那时，传教士并不知道赝品的存在。

有一次，伊斯拉姆·阿洪上门来推销三册由木版印刷的古书，他还编造了一个奇异的发现经过，说是从一棵枯树的树洞里掏出来的。而在当地，的确有将一些神圣物品藏在树洞中的习俗。——正当他们讨价还价的时候，亨得·里克的一个土著仆人进了屋子。

他是一个知情人。

这个土著仆人的一个朋友恰好是伊斯拉姆·阿洪之子。仆人曾问他，他父亲是如何获得那么多的古书时，毫无城府的阿洪之子答曰："……那些印本，是我父亲找一个印染（蜡染）棉布、丝绸的工匠，像制印模一样用核桃木刻成木版，然后印制出来的。那些字码是我父亲亲自写在刨平的木版上的。"

亨得·里克迅速给霍恩勒博士写了信，道出了这其中的真相。

但是，霍恩勒博士毫不犹豫地在自己的报告中，驳斥了传教士这种不负责任的态度。他的最高裁定，遂使伊斯拉姆·阿洪得到了一个知音、一次广而告之的宣传。他的地下流水线遂开足马力，为自己送来了唾手可得的大量财富。话说至此，也可以看出知识有时候是多么率性和摇头晃脑。知识扇了自己一个响亮的耳光。

伊斯拉姆·阿洪从来就没有过携巨款自首的念头，从来没有。

可他怎么能"供认不讳"呢？

这是一个至今也难以解开的谜，需要再次问问斯坦因博士！

青海湖上

冷本才让坐在青海湖边的草地上。

他已经有 87 岁或者 103 岁了，反穿的那件羊皮袄使他看上去像一只羊。

冷本才让手里抱着一只酒瓶，瓶口里插着一根草秸秆。有时候他含住草秸秆嘬上一口酒，然后眺望海面；有时候他抓起一只羊骨头的朵拉，诵念起来。

唵、嘛、呢、叭、咪、吽。

他的眼屎挂住了脸面，嘴角上的白沫泛着干燥的渣粒和白光。他好像坐了有一个世纪多了。

更多的时候，他像石块，垒着。

他的羊在身后高高的山坡上吃青。青海湖边上是堆起的湟鱼的尸体。人们把六六粉撒在草丛里灭鼠，雨水又把药粉冲进湖水，捕住了鱼群。

冷本才让坐着、喝着。

风从天堂般的水面上吹过，犹如心旌。

冷本这时候看见了湖面上一队华丽的马队，吹拉弹唱着从水面上走过。队中一匹亮丽的马车上是一个唐朝装束的女人，脸面像一只漂亮的母羊羔。

冷本每天都看见这队人马从水上走过。

恰好在日升中天。

冷本说，噢，那是文成公主的马队。她要入藏，和松赞干布大爷成亲。

像羔羊一样的女人啊。

冷本看到马队时，就要喝上一口酒。——青稞酒在舌面上跑过，犹如草地上一筐子的鲜花在奔跑。

冷本是黎明出来的。

他坐着喝了整整一个世纪，等他回家时，两三瓶酒没有了。

夜晚的湖水也像草地一样。

星星们挤成一团，坐在破羊圈里。

冷本的家不远。一座泥坯的小房子卧在山冈上。冷本的院墙不是草泥糊的，而是一只只酒瓶垒起来的。瓶口向外，敦厚的瓶底把院子围得严严实实的。

羊圈也是瓶子围的。

羊不能吃亏。

一只羊要换几十瓶酒哩。

这个玻璃的院子，是冷本整整一个世纪喝下的。他有时不免骄傲。

冷本是个鳏夫。

夜里没事可干。羊们都安静地入睡了,青海湖上花香吹来,沁人心脾。

青海湖上,酒瓶飘飞。

冷本喝着,诵着经。夜深了,他蹒跚着趴在围墙的酒瓶底上,朝外张望。夜光使酒瓶发出阵阵碎芒,酒瓶把微明聚拢起来,可以透视远处。

冷本望着水面。

他看见夜晚的青海湖面上,疾驰而过的一列马队。马队上的兵卒们手里高举着刀戟斧枪,胸前的圆圈里是一个大大的"兵"字。

长辫子飞动着。

马队估计有好几百万人,天天晚上都跑不到尽头。

冷本悄悄地喝酒,不敢弄出声响。

酒气像日光下沸腾的羊圈。

春天的一个夜晚,我去拜访冷本才让时,他偷偷地问我:"康熙的队伍怎么还没完呢?他们是去唐古拉山里打雪豹吗?"

我说:"是的!"

复　仇

我和扎西、琼坐在草原深处喝酒。

草原远在一堆高入天际的寺庙和祭台深处，打马而过的人们，以及转经前往夏季牧场的部落与羊群，总会在这里盘桓数月，念经祈祷。

琼是扎西的新婚妻子。

我们三个，一块儿喝着土制的青稞酒。

一堆空酒瓶。

事实上，此刻透过窗子望出去，一面斜耸的山坡上毡帐如云。它们像一堆羊毛般的鸟群，模糊而杂乱。

夜幕四合时，窗下有传唱的声音。

我们是坐在一家回族的饭馆里喝酒吃肉。在高原，精于生意和吃苦的回族人，首推的生意是饮食。

黄焖羊肉，手抓饭，干炸羊腰子。

羊尾巴油，羊肋骨，清水羊杂碎。

屋外的高音喇叭里，一位藏族老人哀婉冗长的三弦弹唱声，使这顿饮食功课美不胜收。

灯光低悬着。

琼、扎西，和我。

我们三个在薄暗里喝酒吃肉。

但那个人终于找来了。

"呕……喳……你一刻也不让我消闲，像狗一样地闻着找来哩。"扎西说。

"啊是！"

"价，过来吃上些肉，别客气。酒，价你也喝些。"扎西又说。

"仇，还莫报哩。"

——那个人站在灯影之上，肮脏的腰带上插着两把银饰的腰刀。手握在油光的羊骨头刀柄上，浑身酒气。

"价，先吃上些肉再说。"扎西道。

"仇呢？报过了再吃。"

"颇烦着（郁闷、烦恼），颇烦着。我来了一个兰州的朋友，不容易价。我和我的朋友喝个酒，你就来颇烦我着。"

"我，心里也颇烦着。"

"价，我给你介绍一下。这是兰州来的诗人叶舟，我的，朋友。"

"价，莫听说过着。"

"我的朋友在哩。价，我陪着喝个酒，你价一个劲地颇烦着。"

"仇，先报过。"

"颇烦着,颇烦着。价,这个仇把我的酒,和我的朋友干扰着。心里嘛,价要落下个病根根的哩。"

"仇要来哩,不是我要来哩。"

"价,我倡议一下,你把我的媳妇子领去。价,你两个去报仇去。我要好……好好地和我的朋友喝上一下子。"

"成!"

窗下响起了一阵杂沓的傲慢蹄声,由近及远,几至模糊不清。琼在下土楼梯的时候,对我咧嘴笑了一下子。她的笑声仿佛在说,那一碟子手抓羊肉凉了,再炒热了吃。

扎西继续和我喝酒。

扎西边喝酒,边和我说起他打猎的事情。——后来我才搞明白,他的那些打猎的历险故事,其实不过是在黎明时分,在公路上扛回来一具具夜间被飞驰的卡车撞死的动物。有些还是国家严令禁捕的珍稀动物,但它们是被汽车撞死的,就该闭嘴。

一地的空酒瓶子了。

扎西还要喝。打烊的哥哥单腿睡在隔壁的一根条凳上,呼呼作响。

夜幕下,那老人弹唱的是《格萨尔》片段。

那个复仇的人又来了。琼没来。

他站着,不吭声。

"仇,报过了没有?"扎西问。

"她喝醉了,像一只乖母羊。"

"颇烦着!价,我和我的朋友喝个酒嘛,价有人颇烦着哪！"

"仇，报过了再喝。"

"价，这么办吧，我觉得颇烦了。"

扎西从屁股后面，抽出了一把锋锐的藏刀，捋下袖子，在自己的胳膊上哗哗哗拉了三道口子。

血喷地一下涌了出来。

"颇烦着。价，我的朋友心里落下个病根根了，酒莫喝好着。"扎西说。

"仇报过了，算了。"

复仇的人依然立在灯影之上，这使盘腿坐在炕桌前的我看不清他的脸。他站了一会儿，喉咙里嘟哝了些什么。

扑腾一声，他也盘腿坐了下来。

他用牙咬开了一瓶酒的封口，嘟嘟嘟地喝了起来。末了，他也抽出刀，像扎西那样，在胳膊上割了起来。

但他只割了一道口子。

随后，他举起一扇羊肋排，兀自啃吃起来，边嚼，边和我、扎西碰杯。

酒瓶发出刀子断裂的声音。

他叫尕藏。

尕藏说："颇烦着，颇烦着。不报么，仇要找来哩；报么，好朋友在这里坐着哩。价，让人颇烦着！"

三个人喝至天亮，梦见佛光。

婚　　礼

尕旦和我骑马走进了草原深处。

这是秋天的日子。

天空粗糙。

　　大地雍容。

　　　鹰在疾驰。

马背上披着锦绣斑斓的被面，在日光下反射着斑点。草原辽阔，在绿色的毡毯上，那几幅彩色的被面很夸张，也很耀眼，据说那是杭州的丝绸做成的。它们是送给才旦的新婚礼物。

才旦是一个酒鬼，一个草原的好骑手，三个孩子的父亲。

他还是我和尕旦的朋友。

这样说的意思是，我和尕旦其实也是酒鬼。——两个月前，我接到了才旦捎到兰州的话，说他要和那个狐狸长相的女人结婚了，要我到草原深处和他好好喝一杯。我爽快地答应了。我先是坐火车，然后坐了三天的长途班车，最后雇了一辆三马子才找到了尕旦。我们换上了两匹大马，在起伏的山峦上走了八天。

秋天明净地在草原上奔驰,我们好像迷失了方向。

方向是才旦指的,可他现在已经烂醉如泥,歪歪斜斜地耷拉在马背上了。他早就醉了。

他的怀里,仍旧戳着几只青稞酒的瓶子。走马散漫地徜徉在草原上,他也散漫地捏住瓶子往嘴里浇灌。他像一个消防队员。他一直在浇灌着自己。

大鹰在头顶徘徊,像一把匕首搁在天上,明晃晃地发光。

马蹄惊起了几只蝴蝶,像光斑一样烁闪。它们落在了锦绣斑斓的被面上,误以为那是一束束鲜花呢。

尕旦嘟哝着说:"噢,一个酒鬼要改邪归正了,一个酒鬼要放下酒罐子立地成佛,一个酒鬼在这个秋天给自己一些想头了。你会相信吗?"

我纠正说:"他都让那个狐狸长相的女人生了三个娃娃了,他非要娶她啊。否则,他能算一个好酒鬼吗!"

尕旦"啧"的一声,很不满地批判我说:"屁!都是别人帮他生的。那几个娃娃里有客人们帮他的,也有干部们帮他的。你没帮他吧?"

我脸一红,很泄气地说:"我怎么可能呢,我们是朋友呀!"

尕旦没理睬我的信誓旦旦,笃定无疑地说:"你肯定帮了忙了,谁让你是才旦的朋友呢!你一定帮了忙了,我才不信你说的那些醉话。"

我没再吭气,信马由缰地在草原上颠簸。我知道尕旦醉了,醉汉的话是不足一驳的。

——远处的山冈上，经幡在飞。煨桑的淡蓝色烟雾，在天空中慢慢洇开。草丛里跑着一些灰褐色的鼠兔，它们发出短暂尖利的惊叫，原因是老鹰把影子撂在了它们的头上。

尕旦和我已经迟到了好几天。

可我们并没有把鞭子撂在马背上。马是无辜的。

草原上的婚礼一般要进行十几天，大家白天围在锅灶边吃肉喝酒，晚上则会围着一堆篝火跳锅庄。在黯淡的夜空下，那些女人们身上的银饰就会发出叮咚的响声，这说明她们跳到了兴头上，而男人们会无一例外地醉倒在帐篷周围。

尕旦和我，走在草原上。

仿佛两只旧麻袋似的，我俩早就疲倦不堪了。

竟然，翻过第九座山冈时，我看见才旦坐在一堆麻尼石旁边。他的面前是一块绣花的毛毡。毡上摆放着香炉、肉疙瘩、银碗和一把刀子。才旦好像是在等谁，见到我们的时候他一脸的茫然。他举手，做了一个朝拜的动作。

很显然，他已经烂醉如泥了。

可他还是对我笑了一下，伸手把我抱下了马背，替我掸了掸身上的灰尘。

他撕下了一小块干肉，喂进我的嘴里；又从一只皮囊中挖出来一小撮酥油，抹在了我的脸颊上；最后，他干脆把一银碗青稞酒端给我，要我一饮而尽。

没有退路了,我接过来,径直灌进了自己的胃里。

我对才旦说了一些祝福之类的话。他根本就没听进去,又给我盛了一碗,命令我一饮而尽。

酒像一股火焰,跑进了我的身体内。我在一瞬间被点燃了。我把几块被面披在了才旦的身上,又对他说了一些似是而非的幸福话。孰料,才旦却用手阻止住我,样子很满足地说:"现在嘛,我们公平了。你看你一下子就喝大了,你的酒量这么差劲了,你这样喝大了,你才不会糟蹋我,你就不会再笑话我了呀。"

才旦又说:"我在这里,堵了你们几天几夜了。你们终于来了啊!"

清晨的太阳照在石崖上,
红石崖如屹立的神像,
那是佛一样的客人到来的象征。

中午的太阳照在河水中,
洁净的水如圣神的供品,
那是供品一样的客人到来的象征。

下午的太阳照在草滩上,
草原像开满鲜花的藏金莲,
那是花一样的客人到来的象征。

才旦一边唱着迎亲的曲子,一边拿起青稞粒和五谷杂粮,撒向天空。

这时候,尕旦从马上一头栽了下来,仿佛一只凌乱的麻袋砸在了地上,很不争气。我本来想上前扶一下尕旦,可我浑身像一团棉花那样柔软不堪。日光太亮了,地上透迤而来的酒气,让草原变成了一座沸腾的马圈。我一软,就跌倒在了一堆青草上。

尕旦和我,像两只打开的麻袋那样横陈于草丛中,知觉全无。

我们睡了有三天三夜。

才旦在我们酣睡的时候,独自一人坐在那一方毡毯上喝酒。他边吃着酒肉,边醉眼迷离地唠叨说:"你是我的朋友,你那么老远来参加我的婚礼,我心里过意不去得很呀,我自罚上三碗吧!我一定要自罚上三碗,你们别劝我呀!"

我和尕旦谁也没劝他,一任他像草丛下的溪流那样,漫无目的地流淌。

我们睡了有三天三夜。

才旦自罚了三天三夜。

最后,尕旦、才旦和我好比三堆未点燃的粪火,一直沉默了有三天。

而那三天,在草原深处的帐篷群里,一场火热的藏族婚礼正如火如荼地展开,就连机灵的藏獒也没嗅出我们的一丝踪迹来。

三个神秘的酒鬼,让草原深处挂念不已。

打猎的故事

喂,你想打猎吗?

你想扛回去一匹唐古拉山里的雪豹吗?

呵呵,那你跟我到动物园去!

——夜晚的星星们,像一包袱突然抖搂出来的玛瑙,从那曲的天空中照耀过来。其实,那不是星星们发出的光,而是雪山反射过来的透明的夜色。仁青扶着我走出了一家酒馆,步履踉跄地呕吐着。

他身上藏式服饰的图案中就有一块豹皮。

那些神秘的花纹可能启发了他。于是,他邀请我到动物园里去打猎。

那曲那边的草原上,正在举办"恰青"大会,整个藏北的帐篷都游移向那曲。这种情景我只有在甘南的桑科草原上见过,可那次是六世贡唐仓佛爷举行的灌顶大法会,没理由不多啊。这次不一样,草原上骑马的好手都走了,就连著名的瘸子,也在半个月前坐着一辆牛车到那曲凑热闹去了。

小城里似乎只剩下了仁青一人。他没理由不喝大呀。

仁青已经吐了有一夜了。

他的胸襟前,挂满了绿色的胆汁。

我们一起走出了一家酒馆,在狭窄的街道上张望了半天,可没有一辆头顶发亮的出租车开过来。后来,我们索性互相搀扶着,在地上踢着石头和废旧的瓶子,大声唱着一些模糊不清的谣曲,往动物园的方向上挺进。

仁青说:"你这个糟糕的汉人,你一点儿酒量也没有,你就根本不配做我的朋友,你从兰州那么远的地方上来,我没给你喝够,你回去在兰州一说,让那些人把我笑话死了,草原上的仁青不是一个窝囊废,你这个糟糕的汉人,你居然把草原上的仁青给喝吐了,这样对你有什么好处啊……"

仁青说:"其实,我不是那个叫仁青的人,我只不过假装了一回仁青罢了。我的前世是一个牧羊人,那时候,我才13岁,你信不信?有一天,我赶着羊群钻进了唐古拉的一个山沟里,羊们在山上吃青,我在一个山洞里睡着了,我还做了一个漫长的梦,我梦见一位佛爷站在天上教我说书,我背诵了几天几夜,等醒来以后我一张嘴,我就能说出全本的《格萨尔传》了,可那时候我连一个字母也不认识呀。"

仁青说:"不对,不对!我刚才说的话是骗你呢,我根本不会说书,我也没听过格萨尔老爷的奇迹,那是因为我对不起一个朋友的缘故,我的朋友叫叶舟,他从老远的兰州来找我喝酒,可我没招呼好他,我还喝吐了,我吐得很厉害,我把自己的下水都吐出来了,我这个兰州的朋友扔下我就走了,我可能还打了他,我还嘲笑了一下他的长相,等我醒来,羞得我找了一个老鼠洞藏了几天,我没脸见人啊,我现在一说这件伤心事就要喝大。是呀,我也不能对不起你,你没喝好,那我请你去打猎吧!"

我们一直走到了动物园的后门,在星光下翻墙而入。

——夜晚的动物园里阒寂无人。在漆黑的深处,偶尔会传来野生动物们低低的喘息声。一只高寒地带上的蝙蝠在空中飞行,它的翅膀差一点儿剐在了我的脸颊上,吓我一跳。

仁青蹒跚地往前走,绕过几个黑乎乎的低矮建筑,来到了雪豹的笼子前。

几只蓝得让人忧伤的眼睛,在笼子里晃动不已,披着夜色的雪豹此刻比夜色更黑,鼻孔里喷出的白气透迤上升,四周围传来雪豹柔软的脚步声。

仁青对雪豹问候说:"乔带帽(你好)!"

在晴朗的星光下,我看见仁青从袍子里摸出了一枚银子的挖耳勺。他踉跄地走到了铁笼子前,轻轻一下,那扇铁门奇迹般地被打开了。

仁青钻了进去。

他的身影和那群雪豹混为一团,漆黑一片。

过了好久,在我惊魂未定时,仁青突然站在铁笼子里,双手抓着粗大的铁栅栏,对我嘿嘿嘿地发笑。他招了招手,似乎是在对我发出邀请。

那些凶猛的食肉动物居然匍匐在仁青的脚下,挤眉弄眼,哑巴似的。

仁青说:"我和你一起打猎呀,你说的!"

我想,我的无动于衷可能惹怒了仁青,他伸手对我做了一个下流的手势,那意思好像我是一个天生的胆小鬼。

可我真不愿意糟蹋自己。我坦白吧,我是一个俗人,我不能把自己当成雪豹的一块点心啊。

我准备起身,我打定主意要跑到有饲养员的地方,请求他们帮助把仁青从铁笼子里解救出来,除此之外,我束手无策。他是我的朋友、他现在喝大了,他会为喝大而丢了自己的性命的。

这时刻,仁青却突然开口说话了。

仁青以一种极其鄙夷的口吻说:"你不是我的朋友,兰州来的叶舟才是我的朋友。我亏欠下他的人情了,那一次我没好好招呼他,让他一肚子的委屈,我没邀请他打猎。可我现在邀请你了,你怎么能不替我的朋友叶舟扛回一匹豹子呢?"

说完,他一头栽倒在地上。

那些豹子,竟然像铺盖卷一样依偎在他周围,为他取暖。

他一直睡到了次日黎明。

他在凛冽的天光中揉了揉眼睛,在铁笼子里翻身而起。他走出了雪豹的领地,还给它们说了些什么,我没听清。

仁青看见在铁笼子外满眼焦急、困倦缠身的我后,猛地一愣怔，嘴巴能塞下去一只拳头。他大言不惭地对我说："嘿！老哥，你怎么在动物园里呀，你是从兰州来看我的吧？！"

我扭头看了看铁笼子里三三两两的几只玻璃酒瓶子，又看了看仁青明显瘪下去的胸襟，就立刻明白是怎么一回事了。

我对仁青说："对呀，我刚刚下了长途班车，来找你的！"

仓央嘉措道歌

这一段，冬宫（布达拉宫）里忙作一团，人影幢幢，气氛凝重。

为今年的收成计，也按照旧日仪轨，六世达赖喇嘛仓央嘉措该率领全体僧人举行祈福大法会。先在冬宫设仪，然后移驾至大昭寺开坛，仪式绵延月余，阵势空前。大法会期间，前后藏以及山南一带，都像进入了春天的节日，人们从冬雪和酷寒中苏醒过来，拍掉身上的罡风，奔走相告，将种子供奉在佛龛上，给农具和牛羊记符，请求空行飞渡的神佛们予以加持和祝颂，期待秋天的丰收。更有无数发了愿的信徒们远足而来，一步一叩，口诵"六字真言"，用七尺之躯丈量着这一片黑色的大地。在路途中，春草发芽，风马飘洒，经幡猎猎，乌鸦麇集，空气里布满了一股新鲜酥油的气息，令人沉醉不醒。

人们迤逦而上，从草原、丘陵、雪山和大地的褶皱深处，一边发愿，一边餐风饮露，埋首默行。在冥思中，天道运行，六世达赖喇嘛已经在冬宫的法台上拈花微笑，将给信徒们布施、摸顶、开许，说不定还会有金刚灌顶大法会呢。人人都在猜想，祥云会罩在自己头上，来个意外的施洗。说不准，谁都说不准，唯有佛爷才知道这份应许。行进在修远的磕头之旅上，布达拉宫仿佛就是一只巍峨的巨鹰，蹲在须弥山巅上，金光闪烁，为人世间引路，给迷茫和疲倦的人们吹来一阵阵仙气。——喏，听听！从声嗓里涌过的"唵、嘛、呢、叭、咪、吽"的诵念，就是一棵心愿的菩提树，发芽抽枝，浓荫如盖，荫蔽了这一片高迥的佛土。

春天了，万物轮回，春暖花开。

其实，人们的心里还藏着一个秘密的私愿。这私愿实属大不敬，却有着充足的理由，令人激动。——八年前的秋天，藏历九月，作为五世达赖喇嘛的转世灵童，来自山南门隅的一个15岁的少年，被藏王第巴·桑结嘉措确立为六世达赖喇嘛的真身，登上了法王的宝座。那一年的晚些时候，藏历十月二十五日，在一个钟磬齐鸣、法号高唱的下午，这个15岁的少年被迎至布达拉宫的司喜平措大殿里，正式坐床于无畏狮子大宝法座上，名讳洛桑仁钦·仓央嘉措。

从此，西藏十三万户百姓的心目中，布达拉宫有了主心骨。即便战乱、瘟疫、灾荒时起，纷争不断，但只要冬宫里桑烟缭绕，响铜播远，那一定是"全境之怙主、苍生之教亲"的六世仓央嘉措在祝福。天人众生，一切僧俗，时常面朝拉萨，记挂起冬宫里的幼小尊者，盼着尊者快快长大，圣心圆通，花落莲出，主持这一片福田上的大小事务。但盼望归盼望，大家都知道仓央嘉措犹在学法习经的过程中，佛珠要一颗一颗地念，饭要一口一口地吃，不可能揠苗助长。人们猜想闭锁深宫、远离红尘、一心修炼的尊者一定在做有情的业行，也一定会洞悉无余。——是的！人们私揣着一种大不敬，都想在尊者仓央嘉措出关时，头一个去供香，头一个去伏拜，头一个领受赐福和摸顶，一睹天颜。

嗯，这想法常常会吓坏他们自己，仿佛一辈子看见了一回大象。

在藏区，人们描述着尊者仓央嘉措的容貌，说尊者生就一双丹凤眼，眼眸中有彩虹闪耀；说尊者不高不矮，双臂过膝，两耳垂肩，总是风采超俗，气度不凡。小时候，纵令尊者出身寒微，鹑衣百结，也胜过他人的锦衣华服。又说，尊者面容俊美，光彩照人，头发油亮卷曲，关节不显，齿如编贝，一共40颗整。尤其奇异的是下边的右门齿，恰如一颗松耳宝石，颜色碧绿。还说……这时，说话的人偶一回眸，看见了佛龛上的供像，分明是在描述观世音菩萨的真身嘛，便顿感唐突与冒犯，忙打住了嘴，掩面而走，去吆喝坡上的牛羊了。

期待像一坡的春草，渐渐地鹅黄浅绿了起来。

这天，尊者做完了早课，伸着懒腰，拨弄起了弦子。我亦洒扫停当，服侍完饮食，去打开窗子，想给囊谦（佛堂）里透一透气。

"出彩虹了！"我喊。

"呃，果真！还是双杠。"尊者俯身来看，又问，"夜里下过雨？"

"没下！该到大法会了，彩虹是佛在应许！"

我老练地回答。

我叫仁青，是布达拉宫的一名侍僧。我在婴儿时就被丢在了寺墙外，是喇嘛们收养了我，现在我已经是一个少年人了。我干过扫寻僧、粥僧、点灯僧，每天黎明即起，照料经书，擦拭佛堂，迎接四面八方的朝客。这里是我的家。

命是前定，所以我命定般地遇上了我的主人，我的六世达赖喇嘛仓央嘉措尊者。我贴身服侍，近前聆听，主仆二人渐成兄弟。有时候，我或许有一点点谵妄，我幻想自己也可以肉身成佛，一直追随在尊者的左右，不弃不离。

"是啊！"

尊者语气黯淡，颓坐一旁，表情像一块寒冰。尊者说："春天开始了，什么都醒来了，就我自己像一卷读毕的经书，被砌在经墙上，落满了灰尘，慢慢变黄。"——尊者的话让我也落寞起来。仆心随主，这一段软禁的时光，约莫有八年了。我劝慰说："呃，拉藏汗的密探布满了整个拉萨城，盯着布达拉宫转悠，空气紧张，充满油火，一点就要着。拉藏汗就怕你和信众们接触，怕你真身闪露，受了拥戴。不过，虽说白昼里无奈，但夜晚是咱们的。夜晚广阔，金刚护法的乌鸦们伸开了密密麻麻的翅膀，遮蔽住天光，我陪你多溜出去几趟，尊者也好散散心，去街上听弹唱，听说书人的故事，像往常那样。"忽然，尊者立定，逼视着我，仿佛看破了我的心机，斩钉截铁地说，"从今晚开始，我决不再跨出宫门半步。你盯紧我，如有违犯，你就拿拂尘抽我的脊背，就停我的饭，停我的水。"——哎哟！尊者的话像一声发咒，我跪膝在地，忙扇了自己几耳光。尊者说："人小鬼大的仁青呀，在这个囊谦里没外人，我不是达赖喇嘛，你也不是仆人，你记住我的话，照我说的去办。"尊者的口气越是央求，我越觉得是一种惩罚，自己忤逆不道，有大罪过。我伏在地上，嘴里默念着嘛呢，请求宽恕。

"我怕我变成一只猴子。"我说。

"嘻！你就是猴子！"

尊者哈哈大笑。

我知道那个传说。传说讲，尊者乘愿而来，降生在山南门隅时，尚未显露一丝朕兆，也无奇迹。平日里，尊者常常和附近的娃娃们结伴去爬树，去河边摸鱼，去草地上捕蝴蝶，去骑牦牛，去抱小羔羊。——那一日，远在千里之外的藏王第巴率着寻访队伍，星夜辗转，终于站在了圣湖边。藏王按照旧制，朝水里撒了五谷，献了坛城，供了祭物，还绾了金刚之结。那是一个菩提发心与宏愿实现的时刻，无风无云，天空晴明，水面宽展无垠，仿佛一面巨大的水银镜子。这时，藏王凝神细察，看见镜子里出现了一条十善之途，孔雀和琥珀交织在两旁，梵乐高奏，诸空行在天上掠过。在道路的尽头，藏王看见了一座彩缎和豆蔻之乡，蜜与流奶之地，馨香扑鼻，慈爱激越。……后来，年幼的尊者出现在镜子里时，藏王和僧俗属下们忙跪伏在地，涕泪长流。他们知道，五世达赖喇嘛示寂后，如今已然归来，就在山南，就在门隅，就在毡帐前和一帮鼻涕娃娃们在玩耍。

　　玩了半晌，一个叫曲珍的姐姐输了游戏，玩不起，却恼恨地拿起柳条，抽在了尊者的脊背上。曲珍不知，她笑吟吟的抽打，实际上打在了观音菩萨的身上。不待察觉，娃娃们忽然看见有一只猴子从人堆中跑远了，跑进了密林里，边跑边哭。天黑了，大家才发觉不见了曲珍姐姐，丢了。大人们在林里林外叫魂，也没找见曲珍，还当她落了水，或是被林中的野兽们给祸害了呢。——不怕！这其实是另一头的藏王作的法，让曲珍暂时丢了一段时间，长长她的记性，权当她是一枚异熟之果。

　　还是在镜子里，藏王给曲珍记了符，放她回家，免得急坏了她家里人。天明时，曲珍回到了家里，站在毡帐前喊阿爸阿妈，邻舍们也都起来了，但大家骇然不已，惊慌失措。因为，原先长相娇美的曲珍，竟然长了一脸的猴毛，还抓耳挠腮的。有人念嘛呢，有人拿出了金刚杵，都以为是妖魔使怪，借尸还魂，来祸乱这一片和平之乡的。恰此时，睡眼惺忪的尊者上前，扑进了曲珍的怀里，阿姐，曲珍阿姐，一个劲儿地念叨。奇迹发生了，尊者的小手抚过曲珍的脸蛋时，像剥开了一枚煮熟的鸡蛋，曲珍恢复了先时的模样。不！比先时的娇美更加动人，愈加漂亮。大家觉得做了一场不大不小的梦，曲珍还是曲珍，但尊者的福德和法力却令人刮目相看。——那以后，山南一带的女娃娃们被家中大人牵拽着，喜欢跑到门隅来，请求尊者摸一摸脸蛋，换一换眉眼，端正一番五官。

于是，尊者从那一天起，开始喜欢摸女孩子们的脸，乐此不疲。

一般情况下，尊者趺坐于法座上，口含一枚绿松耳宝石，念起嘛呢，挨个儿细细摸过，仿佛在摸一只从四川背回来的精美瓷器，心生不舍。直到有一日黄昏，从拉萨驶来的黄罗伞盖和寻访队伍拥进了尊者的家院，这项工作才告停止。

"我可不是猴子。"

我犟嘴。

"问题是，我可以随时一念，把你变成一只长毛猴子。"尊者举手印，却思忖一下，恍然说，"舍不得！万一变你成猴子，我就落单了。我实在舍不得。"

我抱住尊者的胳膊，什么话也没讲，心里却在往死里哭。

"但，我刚才的话你记住。"

"遵法旨！"

"除非我心生厌离，出走布达拉和拉萨城，一门心思的，再也不回来啦。"尊者哽咽再现，脸上一度难过起来，叮嘱说，"外边的廊檐下有一只鸟笼，是我从门隅带来的一对绿皮鹦鹉，你快去把它们放了吧。其实，我也是一只囚鸟，只可惜没了翅膀。"

我斗胆说："尊者，不如我们去逃，主仆二人，浪迹天涯！"

"天圆地方，均在佛祖世尊的手心里，逃去何处？"

"哦！"我一时还没思想好，便说，"反正，逃到一个清凉空荒之地，没有凶恶蛮横的拉藏汗和青海蒙古大军，也没有阴谋多端的笑面虎藏王，世外桃源吧。在那里，你念你的嘛呢，写你的道歌诗篇，我给你供香奉茶，攒糌粑，打酥油。"

"心不逃离，休奔何益。"尊者道。

"呃，可我不能眼睁睁地看着尊者受夹板气，一头是拉藏汗，另一头是藏王；一个把你当死敌，一个拿你当傀儡；一个下毒，一个喂蜜；一个对你步步威逼，另一个给你穿衣戴帽。其实，喇嘛们私下里早就议论纷纷了，原先广大无边的佛国圣土，本乃尊者手中的领地，是从前一世里继承来的，可现在却被拉藏汗和藏王瓜分殆尽，尊者也只有蜷缩在冬宫的这一间囊谦里。即便这里是兰若之地，喇嘛们也叫屈，也替尊者日夜打抱不平。"——我没讲过这么多的话，一段时间以来的浊气与郁闷，一股脑儿地倒了出来，呈给尊者判决，好快快降一道法旨示下，让我去串联，去结伙。我奄拉下耳朵，又密语说："尊者你还不知吧，宫中有一班护寺的武僧，个个都是飞檐走壁、飞叶伤人的高手。也许可以！"

"呆货！"

尊者愤然叱道，拍案起身，吓了我一跳。

呆货，这是八廓街和拉萨城里骂人的话，鄙夷至极，说明尊者真动了气。尊者也自觉不妥，顿了顿，长叹说："迟了！晚了！八年前的钟声落地，就已经不再是钟声了。"愚钝如我，不解其中的禅机，忙说："一切都不晚，等拉藏汗和藏王来议事时，可以先下手为强，出其不意嘛。"这回，尊者真的气恼了，拽住我耳朵，讥讽说，"喏！把一头牛牵到京师，它还是一头牛，你就是那头蠢牛。"我立时低眉顺目，乖乖聆讯。果然，尊者开示说："这枚酸果我已经咬开了，的确很酸！"

我插嘴说："秋天就好！"

"咬开了，我就得继续咬下去，直到吞下它，消化了它。"——尊者握拳，轻轻捶打起我，像在加持我的信心和力量。又说，"我哪也不去，我就坐定在这座深宫冷宅中，一所悬命，看着业障一寸寸地报还，看着空气中有金莲花打开，也看着光阴和我自己一步步朽烂，成就平和，利益众生，好在经卷堆起来的山上，在佛尊宝座的膝下，写上我这一世的诚恳道歌。"

"我不甘心，喇嘛们也不甘心。"我说。

尊者道："在这一世喧嚣和冥顽的光阴里，谁先开口，谁就败北。喏！我写下的这一行行道歌，便是证据。"

"可隐忍不等于乖乖认输吧？"

我像辩经一般。

"我是个失败者！失败者，其实无从选择。"尊者不像他这个年纪的，语气灰头土脸的，好像刚从阿里赶脚而来，精气皆疲。又说，"我是蛛网上的那个节点，我一动，定会有大的血光之灾，满城遭屠，兰若尽毁。"

"说不定，这样会收复失地。"我强辩道。

尊者说："我每写下一行，我就收复一次。"

"不！人不能委屈，尊者更不能委屈。"——我虽不解禅机，却早已泣不成声，嘟囔说，"等一下，我会请求所有喇嘛们昼夜念诵，好让尊者化毒为药，领受盛大的护施。"

"不必！其实，我不孤单。"尊者说。

"可这样太煎熬。"

尊者微笑说："至少，我还有诗歌，还有兄弟仁青你。"

这时，门外传来了求见声。

尊者闻听，慢慢整理好身上的袈裟，面色淡定，口诵嘛呢，跌坐在法座上。我紧走几步，打了帘子，看见布达拉宫的掌玺大法师惶惶而入。我不知发生了什么事，但从大法师冒烟的表情上看见了不妙。

"尊者，刚接到两份专使急件。"

"如何？"

掌玺大法师回说："一份来自藏王第巴，另一份是拉藏汗发来的。两封急件一前一后，却意思相同，让布达拉宫即刻取消今年春天的祈福大法会，宫门紧闭，任何人不得外出。"

"哦！还是让我来唱一首道歌吧。"尊者说。

> 仅仅穿上了红黄袈裟，
> 假若就成喇嘛，
> 那湖面上的金黄野鸭，
> 岂不是也能超度众生？

唱毕，尊者忽然发笑，笃定地说："也好！其实这样挺好，有了诗歌，至少我还能证悟自己，证悟这一世的生命。"

我也插嘴说："哦，这下诗歌也是一枚妙果了。真好！"

何谓边地生活
——以兰州为例

2月13日那天是我的生日。夜色深处,一帮酒鬼抬着我,来到黄河北岸的一家酒吧:呼吸。事实上,"呼吸"与北京三里屯和上海新天地的那些酒吧毫无二致,稍稍不同的,也许只是川流的客人,进出"呼吸"的,大多是藏族与回族的小伙子和姑娘,我是汉族,可此刻,我成了少数的一族。醉眼蒙眬中,一个叫丹增的小胖子递给我一杆钢笔,算作礼物,我心花怒放,恭迎入怀,只差给那杆雕饰精美的钢笔跪下磕头了。丹增是闻名遐迩的藏传佛教六世贡唐仓大师(愿佛爷乘愿归来)的小管家,他递送的礼物,是佛爷身边的圣物,我由此沾吉。2月13日那天,亦是佛爷的生日,我立马感觉被一轮光环笼罩着,幸福无比。那天过去13天后,又是佛爷圆寂三周年的日子,据说,寻访转世灵童的小组正星夜兼程,叩问着那个众人翘首以盼的秘密。

有一个绰号"老羊皮"的人,不久将赴北京出差,他受某人之托,正在四处祷告,欲请一尊佛像。不是一般的佛像,而是用六世贡唐仓大师的骨灰所塑（据说经过了复杂的宗教仪式，世间只有100尊）。"老羊皮"终于如愿以偿了，他把自己喝大，差点儿阵亡在了酒桌上，在兰州，这是掏出一颗真心的表达方式，他请回来了。如果不出意外，佛像将会被庄严地护送进京，北京的某户人家里，将会香氛缭绕，佛唱高诵。

说这些话的时候，穆斯林群众迎来了他们最重要的节日——宰牲节。按着经上的说法，当初，主欲试探一下易卜拉欣的诚意，遂让他将自己的亲生儿子祭献给主，就在易卜拉欣动刀的一刹那，主显露了至高的神圣，用一只羊将易卜拉欣的儿子替换下来，以此来嘉许易卜拉欣的忠诚。节日来临了，曙光初现时，兰州的大街小巷里涌动着如云的白号帽与盖头，穆斯林群众走进各个清真寺里，赞唱着主的恩德，这是一种气势恢宏的合礼，一个精神凝聚的磁场，如果不是身处其间，你无法感悟到一种汗漫而来的震颤，也无法聆听到那种清水一般流淌的大音。合礼完毕，穆斯林群众就去市场上挑选牛羊，一般来讲，牛羊须是肢体健全、眉清目秀的那种，如果经济条件允许，七人可以合买一头牛，羊则每人一只。宰牲时，一般都会邀请阿訇先诵念一番，然后将祭献的牲畜举念给家中亲人，祈求主的赐福与恩典。在这一天，形状各异的清真寺穹顶闪烁着光芒，一轮新月在夜空里深邃悠远。

说远一点儿，有一年我在马来西亚，在入住的每一个房间里，我都惊异地看见天花板上有一个绿色的箭头，指示着方向，房间里还端放着一本《古兰经》。后来一打听，才知道箭头所指，乃是圣地麦加的方位，这是给信徒们祷告时用的。兰州亦如此，前年夏天的一个晚上，张承志从祁连山一带漫游莅兰，我叨陪末座，与一群年轻的阿訇和满拉迎接张老师。在餐厅吃到一半时，他们忽然集体离席，在隔壁的一间屋子里做起了功课，那是喧哗的餐厅里唯一一个干净肃穆的房间，用来祈祷，而平时是闭锁的。——我独自一人坐等，那一刻，感觉自己的内心空落落的，没有寄托与方向感。

神圣的信仰，犹如一股股水流，蜿蜒在黄河的两岸，日夜不息。

在兰州，宽阔的宗教仿佛一条河床，牢靠地托举着各民族的心理与期望，而在河床里奔腾的则是世俗的生活，以及简单的日子（用穆斯林的话说，那是浮层的生活）。这也许和兰州所处的特殊的地理位置有关——虽然它处于中国版图的地理中心，但究其里，它是边地；是深处于东方大陆腹地的一座旱码头；它是青藏高原、黄土高原和内蒙古高原交会处的一个起点；一个驿站；一座安详地静卧在层峦叠嶂的褶皱深处的城市。它的日常生活波澜不惊，与其他的城市毫无差别，但在日常生活的内里，则是湍急的宗教，是信仰的走向。由是，它的特点就是边地，是辽远与苍茫，是广袤和神秘，如《旧约》里所说：在旷野上，才会有神明的存在。

——那些洁白如雪的清真寺，以及金瓦红墙的佛教寺院，印证着边地的气息与精神。

黄河穿经水草丰美、天苍地阔的玛曲草原、禄曲草原和舟曲草原，横跨高高的积石山脉，携带着大通河以及源头无数的小小支流上的万千气象：冰山、格桑花、酥油灯盏、玛尼石、神祇以及群鹰的目光，转身向东——将兰州劈为南北两半。与两岸的风光同驻的，则是泛滥着源头传说与奇迹的河水，以及羊群般美丽的民众们。

兰州成为五千里黄河线上，唯一伏卧在南北两岸的省会城市。像摊开的巨幅书页一般，兰州一路洋洋洒洒地建筑在黄河两岸的滩涂上。兰州是一个微弱的盆地，其地形为两山夹一河，黄河匍匐其间。狭长的地带，随着河水的蔓延几成东西近百里的城市走势，而南北两山的距离则仅几公里。以兰州为起点，渡过黄河向西，翻越乌鞘岭，就是祁连山雪水养育的千里河西走廊，这也是被史书诗意地誉为"丝绸之路"的贸易大道，玄奘走过，法显走过，班超与霍去病走过，张骞走过。在岁月的深处，它是一条大蒜和玻璃之路，是一条杂耍小丑和茶叶之路，是一条传教士和探险家之路，还是一条战争与媾和之路。当一捆捆丝绸充塞于途时，它把一个叫"契内"（China）的东方古国一下子推到了地中海之畔。兰州以南不远，就是号称"中国的麦加"的穆斯林聚居中心——临夏（旧称为河州）。再往南，则是地处青藏高原北翼，被称为"藏文化三大板块"之一的安多地区（其余为拉萨地区和昌都地区），藏传佛教的最高学府——拉卜楞寺就位于安多的首府——夏河。兰州西南200多公里远，坐落着藏传佛教著名的塔尔寺，它是格鲁派（黄教）创始人宗喀巴大师的诞生地。兰州以北，穿越毛乌素沙漠与戈壁,便与内蒙古接壤,藏传佛教的寺院也在草海之中绰约隐现。兰州以东,是黄土高原和汉文化积淀最深的地带,越过古秦州天水,就是秦砖汉瓦、刁角高悬的古都长安。

在西北偏西,当古老的落日、孤烟、驼队、流放和异族语言消失在兰州以西的中国西北腹地时,兰州这个旱地的码头,也同样消失了河上的舟楫、船帆以及过去青铜般的旧时光。而今,兰州的旧城遗址已经荡然无存了。在范长江笔下那个破烂如城堡,肮脏蛮荒、民风淫荡的旧日城池,仅剩下了诸如西关、南关等暧昧不清的公共汽车站名了。

在兰州北山嶙峋壁立的山岩上,金城关的碑体赫然耸立。——兰州,旧时称为金城,而扼守黄河兰州段的则是这个险象环生的著名关隘,它是历史雄关之一,唐代诗人岑参在《题金城临河驿楼》一诗中吟道:"古戍依重险,高楼见五凉。山根盘驿道,河水浸城墙。"金城关一带以穆斯林为主的兰州土著居民为多,站在南岸,远远望去,在一面缓缓耸起的山坡上,是黄泥色的土屋,低矮陈旧,散发出沧桑之情,而在这颜色单调如一的一排排泥屋之间,散落着无数座造型各异的清真寺院,高挑的新月和浑圆如盖的叫拜楼分外明亮。

我总爱在黄昏时分来到河边,那时,巨大的落日垂临水面,将闪烁的碎银洒满河道,山体通亮。河风吹拂,一日的功课行将结束,而对生活的感念才刚刚开始。黄昏时分,每个清真寺的叫拜楼上,总有一个浓重如钟的嗓子在呼唤,在召集每个信徒来聚礼祷告,那种訇然如石的大音,仿佛天堂的独白。

在金城关下，黄河缓逝，水波不兴。现在，还能看见用于特色旅游的羊皮筏子。穆斯林群众将羊皮完整地剥下来，缚住四脚，用嘴将其吹得滚圆油光，再用牛皮绳子扎紧。四至七个或更多的羊皮气囊被搭扣在一起，就成了一架羊皮筏子。它轻巧快速，易操作，犹如空气穿行在空气中，远远看去，像一群羊奔跑在发黄的河面上。范长江在《中国的西北角》一书中，曾描述过兰州羊皮筏子的盛况。他说，在几百只羊皮气囊组成的舟阵中，躺在筏子上成堆的货物里，轻翻书卷，目光平稳。在早年黄河两岸还没有一座桥梁飞渡的日子里，羊皮筏子是往来的唯一工具。它还是重要的运输方式，将货物和土特产运至下游的各个码头。坐在筏子中，可以听见在河心里筏客子们嘹亮的歌声——

  黄河沿上牛吃水，
  牛见了鱼儿（者）跑了；
  端起饭碗想起了你，
  吃哩么没吃（者）饱了。

  俏阿哥干活（者）口渴坏，
  想你（者）后园里找来；
  尕妹妹好像是嫩白菜，
  一指头弹出个水来。

是的，需要说说日常的生活。一百多年前，一位叫马保子的人挑着面食担子，走街串巷地吆喝着，就是这个名不见经传的人，发明了日后享誉全国的兰州牛肉拉面。如今，兰州人一天的作息是从早上的一碗牛肉拉面开始的。黎明即起，在大街小巷的拉面馆前，人们捧着一只只海碗，蹲在马路牙子上，有的吸溜吸溜地进食，有的响亮地擤着鼻涕，这是兰州最奇特的画卷之一。一碗拉面下肚，一般会奠定人的信心，姑娘们的牙床上沾着一块韭菜片子，毫无顾忌地大笑，小伙子们则敢杀奔上任何酒桌，一直狂拼到晚上。兰州人出门在外，对家乡的赞许一般都集中在三样东西上：《读者》、敦煌、牛肉面。

这里的饮食都是粗线条的，在广东粤菜和四川麻辣产品大举北伐之下，兰州本地的特色越发凸显出了它的粗犷与直率，其代表作就是手抓羊肉。清水里煮熟的羊肉块，不带任何调料，吃时，佐以大蒜瓣和椒盐，越是肥腻腻的肉块，越能吸引食客的胃口，饭毕，一只盖碗茶（计有茶叶、冰糖、枸杞、桂圆、红枣、葡萄干等）长驱入肚，唇齿留香，回味无穷。据说，现在兰州一天的羊肉消耗量在上千只，信不诬也。在一个风雪交加的深夜，我骑车路过中心广场，一个反穿皮袄的挡羊娃，赶着上千只羊横穿广场，我不明白这些披风挂雪的羊群要去哪里，遂好奇地问了一句。挡羊娃回答说：

"去肉铺！"

"去挨刀子！"

兰州市民的生活是散淡的，在写字楼与机关之外，在模特大赛和人体摄影展之外，在苏宁电器进驻和舌头乐队的摇滚演出外，是兰州人温暾水一样的不紧不慢，他们经常说的口头禅是：天塌下来，有高个子顶着呢；或者：黄河里扔石头，多少是个够呀？一天上午，我看见一位大妈对另一位叫嚷说："来，王妈，过来吃个纸烟，晒个日头，扯个是非来。"情人节那天，我看见一堆靓丽的女孩儿左手抱着一捆玫瑰，右手拿着一把把麻辣串，站在寒风凛冽的街头，吃得不亦乐乎，她们的男朋友肃立一旁，脸上充满着毛遂自荐的笑容。

也有例外，这种散淡的性子，有时候却表现出了虚幻与暴戾的一面。

这与兰州这个微弱的盆地有关。一到冬季，气流不畅，工业污染和生活废气在盆地上方成了一只"锅盖"，举目望去，兰州人的视野屈指可算。前几年，兰州人决定做一回愚公，搬掉东边的一座大山，让南方的暖湿气流进入，结果，那座埋葬了数万亡灵的公墓被连夜搬迁，可山至今仍耸立着，像一个巨大的笑柄。水均益曾经在《焦点访谈》上批评过一回兰州的污染，但本地人没给他脖子（没理睬），原因就是小水是地道的兰州"沙果子"（当地水果），他没那个权力，家丑是不能外扬的，胳膊肘子也不能往外拐。兰州的小伙子经常嘲笑外地人，说他们吵了一个下午的架，居然没动弹一下指头，白当男人了。话语里带着轻蔑。这样说的意思，是兰州小伙子只用拳头解决问题，三七不对（意思为情况不妙），就有砖头和刀子伺候。在电影《新龙门客栈》里，一身绝技的张曼玉差一点儿被一个屠夫给削成肉片，烤了羊肉串儿，那个屠夫说的便是一口地道的兰州话，此为证据。但这都是以前的旧闻了，现在大家都忙光阴，谁还忙着去蹲监狱呢，夯客（傻瓜）才那么做呢！

在兰州本土文化里，有一个关键词：光阴。它的基础含义是时光，但在本地方言里，它确凿地定义为：金钱。小偷的工作是找光阴；机关干部们混光阴；暴发户们挖光阴；小姐们在撬光阴；一般的老百姓嘛，则是拾个尕光阴……此乃兰州的浮世绘。

日常生活的华彩乐章，多半显现在了酒桌上。

在兰州，不管你办大小事情，一定要在上午十一时半和下午五时许最恰当，你的钱夹子应当饱满，预订的餐厅和包厢一定要符合胃口，最关键的是酒的牌子。兰州人自夸说：一年喝倒一个牌子，绝不是假话。一到夜幕垂降，大大小小的餐馆里人头攒动，猜拳行令之声响彻云霄，黄河两岸微小的盆地陷入了咀嚼的狂欢中。酒酣耳热之际，除了互诉衷肠外，人们一般都会醉眼蒙眬地夸耀起兰州，中央的某某领导是从兰州出去的，某某领导曾经住在我家对面楼上哪，水均益、李修平、朱军、张莉，等等。小时候还和我们砸过人家的玻璃，在一起玩过玻璃弹子和鸡毛毽子呢……

此刻，我停下笔，抬头望去，春天的第一场沙尘暴来了，小小的盆地，被一道灰黄的幕布遮蔽了。和别人一样，我见怪不怪，忍住一口的沙尘，奔赴一个很陌生的酒局。

早些年，兰州南北的两山上只有一棵树，现在虽有绿色点缀，但始终也没有茂盛起来。黄河在山下白白流淌，但山上焦渴一片，植活一棵树要比养一个孩子还费事。有一年夏天，我和李敬泽坐在黄河中的小岛上，望着干枯的北山发愣。李敬泽说：要是南北山上都是原始森林，一条大河穿流而过，那样的话，兰州就是一座花园般的仙境城市了。我回答说："不急，实在不成，我们三百万兰州人民，就把南北两山用绿色的马赛克镶嵌起来。或者，用绿油漆刷一遍，年年一遍，让你恍然觉得是森林一片。"

——对了，忘了交代，这个方案是一位兰州出身的行为艺术家做的，但未获有关部门的批准。

1919 年以来的沉默

——仿《一件小事》,致鲁迅先生

我爷爷是个哑巴胎。他已经有 92 岁或者 130 岁了,他的年龄如今已成为一个众所周知的谜语。在漫长而又琐屑的时光中,我爷爷像一块冰冷的废铁,龟缩在时间的一隅,发出一种喑哑的喊叫,但是没有人理睬他的冲动和颤抖。一个卑微的哑巴,有时候也有一种卑微者的幸福。就在我大学毕业,被分配到《晨报》工作的那个秋天,我爷爷忽然有了一种出乎意料的热情和快乐。他捧着我的脸,端详了很久,接着,他又以一种少有的敏捷钻进了他的布满灰尘和锈迹的房间。

他递给我几份 1919 年间的《晨报》,我似乎明白了他对我的关心和希冀。但是,我迅速发现我错了。我爷爷指着该报 12 月 1 日出版的"周年纪念增刊"上的一篇文章,大声对我说:"这不是真的,他被蒙骗了。我发誓这不是真的。"

让我骇然的,并不是我爷爷对时光的突然发难和破口大骂,也不是他这块废铁突然有了用武之地。我诧异的是这篇文章,我从上学时就能倒背如流的著名篇什。

我知道，这些文字的后面，埋藏着一个很大的秘密。
"事实是这样的！"
我爷爷忽然操起一口纯正的京腔，饶有兴趣地说：

　　我认识大先生，那时候我们一伙混生活的哥儿们，都管他叫大先生。

　　那时候，我也就是一车夫，现在叫板儿爷，兴许是我祖上积德，我也拉过大先生几回，从绍兴会馆到砖塔胡同61号。那时候，吆喝我们的经常是一些阔人，也有腰里别耗子——假装猎人的，可大先生对我们却礼貌有加，拿我们当人看。大先生是读书人，没架子。

　　那年冬天，我从砖塔胡同拉着大先生去会馆。一路上风雪交加，北京城里模糊一片，只有几辆骡车在那里晃荡。我穿着一件单裤，习惯了，跑起来两腿发热，汗也往下淌，要是停下来，在路边等生意，那就惨了，风往裤管里吹，裆里的卵蛋能冻成冰糖葫芦。到了会馆，大先生付给我车钱，又特意多给我一块钱，让我去买一条棉裤。大先生说，这样下去会冻坏关节的。我拿着大先生的钱，眼泪就下来了。

　　可是第二天，大先生自己哭了。他从会馆里出来，走到我们一伙穷车夫那儿，我们都想拉大先生，争着抢着，可怎么着，大先生就哭了。他说，你们怎么都穿着单裤呀？

那天，大先生没要车，一个人走回家里去了。

大先生也有忒逗的时候，有回儿，他从教育部到会馆，不小心，把钱夹子丢在车上了。拉车的哥儿们急忙跑到会馆，送给大先生，让他当面清点一下，大先生很感激，立马拿出一块钱作酬金。大先生笑着说，这钱夹，如果被慈禧太后拾到，也进了她的腰包了。总之，我们和大先生忒熟。

但我们里面出了一败类，伤害了大先生，我们开除了他，就没告诉大先生。

这是一件小事。那个败类叫祥子，那年冬天才到北京城里混口饭吃，人挺年轻的，不懂规矩，刚开始还是一乡下孩子，后来臭丫儿的学会了逛窑子，一天的血汗钱全都扔进那个无底洞了，让人可怜。怪就怪我们都不知道，要早知道，兴许还能挽救一下。

就那几天，祥子的母亲从乡下赶到京城了，她听见儿子在北京城里看大戏、逛窑子的事儿了。祥子的父亲得了痨病，指望着他能给点儿钱治病。老太太在北京城里候了好几天，那个可恶的儿子也没给一点儿脸色，照样去嫖风打浪。老太太绝望了，可回不了家，就哭哭啼啼地说要死在儿子的车轱辘下。

我记得忒清楚，那是民国六年冬天的事儿。

事发那天早上，我们起得迟。外面是白毛风，刮了一宿,直往人骨头里钻,那时也没什么生计,只有祥子那个狗日的出去了。中午的时候,会馆附近的巡警所让我们去领人,这才知道祥子出事了。

祥子拉的是大先生,那时候很早,街上没有什么人。他和大先生一路上聊天,跑得快,快到会馆门口时,那个老太太从斜刺里杀出来,撞上了车的把手。那老太太绝望呀,她说过,她要死在儿子的车轱辘下的,她果然就那么做了。

那狗日的心里有愧,没有理睬大先生,放下车子,扶着老太太慢慢起来,嘴里跟老太太嘀咕些什么,没有人知道。大先生冻得缩在车上,眼看着祥子搀扶着老太太走了。那个丧天良的准备把老太太扔在一个僻静胡同里,然后撒腿就溜的。

没想到,他碰上了巡警。巡警把他给扣了。

大先生心好,不知道这码子事儿的前因后果,还给了巡警一大把铜圆,让巡警转交给祥子,真是好心交给驴肝肺了。

我们都替大先生不平。古话说,不孝有三,祥子就该算一个了。那个狗日的在巡警所里承认,他当时就想轧了老太太,省去一个丢人现眼的拖累。这是人说的话吗?

他被遣送回乡下了,带着那个老太太。

可谁知第三天,京城里卖报的小贩给我们一张

《晨报》，上面有大先生写的一篇文章，大先生还挂念着那个没心没肺的畜牲，我们都哭了，大家商量好了，永远当哑巴，把这码子事儿烂在肚子里，不然，大先生知道了，会更伤心的。

"哎呀，我就是那个狗日的祥子，我对不起大先生呀！"
我爷爷蓦地趴在几张1919年间的《晨报》上，痛哭流涕的，像一个犯了错误的愚蠢孩子。

街道：一只船

一、以散文的方式

是的，在20世纪70年代的记忆里拾取枯枝败叶一堆。

——因为你的名字取自一条晦暗无定的街道。在时光的水面上，他和季节、羊皮筏子、鱼群、泥沙以及早春的枝条一起漂浮，闪烁着青铜色的诗意光芒。那天夜晚，你拐过街角，穿过东风旅社、煤场、花圈铺、车马店以及小学校的门口，脚步拖沓而空洞。星辰太累，你的母亲正在手术，贫寒的疾病缓慢地扩散，无助的父亲躲进了柴房偷偷地哭泣，而年幼的弟妹们快活得像健康的青蛙。你驻足在街景漫漶飘摇的深处，一叶障目。这时候，你就前定般地遇到了我。噢，如今我为什么一再地遥望，那座深陷于中国西北腹地深处的狭窄街道呢？为什么要讴歌兰州这座荒凉城市的三粒字母呢？一、只、船——一截短促的发音，一个瘦弱的形象，一只鸥鸟投下的阴影。一位名叫叶芝的人向我走来，独独向我打听这一场命名的真谛。仪式落满了灰尘,吆喝之人分崩离析。叶芝说:"归根到底,能听见宇宙歌唱的地方是你从时间、地点、家庭、历史等方面都已经扎根或决定扎根的某一条街、某一个社区。"

时间让生命破绽百出,帆叶的痕迹连上帝亦无所措手足。你仿佛行走在光绪年间的某个早晨:黄河暴涨,兰州城外一只木船随波逐流,漂至芦花漫天的岸边(据《兰州方志·水文资料》)。传说,那只芦荻托举、抹覆了石漆和石油的新鲜木船中,有一个六岁的男童笑声嘹亮动人,他最后的去向在诗篇和谣唱中语焉不详。

多年以后,一位108岁的老土著却这样叙述:

随着清王朝对西北的频繁用兵,江南人随军西来者日多。他们有感于乡关万里,顿萌叶落归根之念,便筹资在此地带营造了一所义园,用来暂厝亡故江南人的灵柩,以便日后扶榇故里安葬。义园造型奇特,颇似一艘扬帆南航的大船。那高入云端的旗杆,酷似桅杆;弯曲高翘的飞檐,简直是劈波斩浪的船舷。这座建筑物寓托着南人的无尽乡恋。——于是,人们根据义园的外形,把这块地方叫作"一只船"。

走吧!

街景游移,夜光中的蝙蝠携带着明亮的呼哨,清贫的瓦楞和屋脊之上,充满了日常生活的世俗光芒。海德格尔说:"培养和关心,乃是一种建筑。"童年奔走相告,你站在那里,犹如一捆旧日的书信,一处遗址,一块在时间中弯曲的青砖。我的笔端往往和你猝然相遇,像一队孪生的敌人那样优美。在兰州,污染的天空和局部的工业新新顿起,距河二里,在一只船街道纷繁黑白的记录中,依然能够听到泥沙俱下的河面上消逝的传说与奇迹。河水匍匐着,裹挟着从舟曲草原、玛曲草原、禄曲草原上滚滚而下的万千气象:经幡、藏传佛教、法号、羊群、神衹、玛尼石堆、民族、风俗和自然,蔓延至你的诞生之地。微弱的小城,本雅明说:"城市并不是因其建筑和群众,而是因其流浪者、漂泊者和梦想者。"你站在街景的深处,虚构的人,怀揣着一个颠簸的名字和光荣。一只船街道:诞生以及成长、学习的路途,一盏幽暗的桅灯,在最黑暗的地段打破了沉默。成千上万的红铜喇嘛口诵佛唱,心法合一,逶迤走过,他们炉灰似的背影,暗许下我今日的诗篇和劳动。噢,20 世纪 70 年代,一个手抄本的年代,一个可以用橡皮擦鼓舞的茫然季节,在你睡眠的窗外,一位清癯的穆斯林老人恪守方向,进行着内心的功课。黄河微波不兴,你失却方向,内心如辙。那些顺水而下的消息,那些灿烂的雨季和河畔的朗诵,都归入了一卷神示的羊皮。不是缘于怀念,而是一种气象的招引。雄心难熄的两岸,在所有的陌生人当中,你独独向我走来,询问了一处归家的地址。噢,孩子! 我又能重复什么样的词语?

> 因为我见到的幻象
> 几乎完全消失,但从中诞生的芳香
> 依然一点一滴落在我心中。
>
> ——但丁《神曲》

二、以诗歌的方式

人生荒凉的现场,泥沙俱下
不期而遇的事件
　　　将成为偶然的补白;
一枚徽章开始了锈迹的年代
一场生命的转移,佩戴了睡眠
和深刻的伤害。

诞生的婴儿是多么盲目
而夕光中的亡灵却如此一致——
哦,黑夜枝头
　　　无辜的群众
让街景游移,细碎的花朵
让一个梦遗的少年苏醒。

他将述说成长的细菌
以及发育的疾病中
　　　一条随风而舞的红领巾。

虚构的人,此刻你要迎上前去。
谁取走了时间的芳香
谁就会在内心弯曲。

一本灵魂之书,隐秘开花——
其嘹亮的筑居和人民
  仅仅少于一个国家的典籍。

没有人知道得更多
当你重新返回,一个奔走相告的童年
悄悄奠基——
因此,一张刚刚草拟的讣告
一幕油印的仪式
一次70年代锈迹斑驳的雨,将成为可能。
虚构的人,此刻你要擦身而去
你寂寞的筐子里
要埋下不由分说的引信。
在晴朗的黎明,你的晾衣绳上
  一定要展览生活罪恶的秘密。
就在秋天的街角, 一个大辫子的姑娘
储藏了冬菜;
她带着营养和喜悦
  成了我的母亲。
那一条街道被命名为一只船
而漂泊的煤炭就在这里驻锡。
  虚构的人,你只留下了恍惚的背影
在夜晚的电线杆上

凸显出两团麻雀乌黑的惊悸。

你像一个时代黯淡的喜剧。
你教会我认识了字母、毒药与恩情。

三、以索引的方式

1. 作者对一只船的记忆应该恢复到20世纪70年代的早期，那时候的一只船街道，还是一片黑白混沌的世界——因为那时的黄河水在冬季还结冰，也有人穿着毡衣，在冬季的街道上不停吆喝着贩卖冰块。在寒冷的冬天里，嚼冰似乎是孩子们的时尚之一。坐落在一只船深处的是一家规模庞大的煤场，每天都有无数的解放牌卡车来往运输，街道的上空弥漫着呛人的煤灰，像一团团穿裤子的云。

2. 一只船是兰州市区内一条鲜为人知的小街道，它东临著名的学府——兰州大学本部，西接长途汽车东站和旧大路，北毗东方红广场的主干道东岗西路，南翼为109国道和312国道途经兰州时的交通主干线——民主东路。在湍急的车流中，一只船名副其实地成了一座安居着日常生活和梦想的小小码头。

3. 在粗硬尖利的兰州土话里，一只船往往被说成"一只喘"；在混杂了兰州土话和北京腔的蹩脚发音里（它是时髦的标志，带有贬义），一只船又往往被念成"一直喘"。

4. 一只船街道距黄河只有两里多路，河水在这里转身北上，留下了一片滩涂之地。在晴朗的秋天，常常可以看见大雁等无数的候鸟在这里栖息，所以这一片滩涂被称作"雁滩"。

5. 长不过两里，宽度也局限在两里左右，一只船街道就这样漂泊在记忆的尽头。——在小街的东头是一家东风旅社，常见一些戴着呢子帽、胸脯上插着钢笔、手里提着人造革公文包的干部同志们进出此地。傍晚来临时，东风旅社的一只高音喇叭会准时播放《各地人民广播电台联播节目》，一些国家大事和领袖人物的指示，会源源不断地传送到人们的心里。在旅社的隔壁，是一家国营的理发店，通常在节假日的前夕会人满为患，屏息排队的人，一定会听见剃头师傅在一块旧皮革上磨剃刀的声音，但谋杀不会发生，那是一个和平的年代。毗邻理发店的是一家兰州牛肉拉面馆，他们使用了一种本地产的蓬草熬炼成的碱水，让面条像无数根发丝一样诱惑你，通常一海碗的牛肉拉面你要付两毛八分和三两粮票，如果你使用了全国粮票，售票员一准会抬头望你一眼，以示敬意和尊重。上述这一块地段已经被改建成了一座宾馆和海鲜楼，每当公车带着官员驶停在楼下时，总有眼明手快的保安赶紧将一块红布遮在车牌上，红布上绣着四个字：恭喜发财！再往前走，是一家门可罗雀的药店，店员们一般喜欢在早上和下午昏昏欲睡地趴在柜台上，一到夜晚，他们便开始研磨各种各样的中草药，浑浊的青草气息将毫不犹豫地侵袭你的梦境。在兰州，你要是得罪了某个人，或者你借了别人的几分钱未还，别人会沉下脸来对你说：不要了，不要了，拿去吃药吧！紧挨着药店的是一家烟酒门市部，蛋糕和夹心果并排摆在柜台的上面,灰尘和营业员的喷嚏感染着这些诱人的食品。那些年,我们家来的亲戚,通常都会提上一包马粪纸包裹的糕点来串门儿,马粪纸已经被油浸透了,可全家人舍不得吃,因为我家大人在晚上会赶紧送到他的主任家里,以表问候。在烟酒店的尽头是一家肉铺,水磨石的柜台上横陈着发红的瘦猪肉,屋梁吊下的铁钩子上也是瘦不拉叽的肉。我有一位远房的表姐就在里面做事,每当家里来了重要的客人,我母亲会打发我去割上三两肉。我捏着肉票,踮起脚尖站在柜台下,对我表姐含蓄地一笑说,我要三两"丹顶鹤"。我表姐心领神会地给我一块肥肉簇拥的猪肉,上面只有一点点瘦肉,而且秤头拉得老高……如今,这一地段修建了一座兰州最高档的四星级涉外宾馆,但入住率并不是很高,倒是它的桑拿和按摩的技术被人们口口相传,成了上流社会社交与休闲的场所。

6. 一只船街道的西头,被旧大路(旧社会的一条街道)包围着,一到下雨天,这里泥浆翻滚,行人遭殃。在街口有一家车马店(现在是长庆油田的办事处),一到深夜,就能看见打着响亮鼻息的马车钻进钻出,一夜的住宿费用是一毛钱,外带马匹的饲料。郊区的农民们常常拉着一车车的冰草送到车马店,换回一些钱去补贴家用。车马店的旁边是一家花圈铺,一户来自农村的外乡人不舍昼夜地坐在门口劈着竹篾,然后扎成一个个的花圈形状。有一段时间,街上总是莫名其妙地丢失扫把和笤帚,后来发现都被花圈店做成了龙骨骨架,于是外乡人的名声一落千丈,可最后谁家也或早或迟地去买花圈,怨气便烟消云散了。在西头的街口，也许能看见一个卖棉花糖的老人，操着一口河南方言。你递给他五分钱，就会瞅见他把一小勺白砂糖倒进一个旋转的铁皮罐子里，在一盏煤油灯的作用下，铁皮罐子里会飞出云絮状的糖丝，缠绕在一根竹扦上。在西头还有一家大型的柴油机厂，那些年，传言从里面制造的机器都漂洋过海送到了阿尔巴尼亚兄弟的手里了。厂子很神秘，有一个同学是该厂的子弟，他常常能偷出来一书包的钢砂，像一颗颗扁豆，街上的二流子们往往向他索要钢砂，那时最流行的武器就是钢砂枪，二流子们在街头混战中靠它决一死战。柴油机厂倒闭于20世纪90年代中期，它现在是一个专售陶瓷用品和盗版DVD的市场，在兰州小有名气，一些留着长发的准艺术家和文学青年们经常出没于此，嘴里念叨着好莱坞和尼古拉斯·凯奇的名字。说到西头，还有一个神秘的院落，门口有解放军战士把守，每当夏日的余晖降临时，一只船街上都会涌满身穿民族服饰的藏族同胞，更多的，则是身着赭红色袍子的喇嘛们。他们沉默地走进街道的西头，脸上荡漾着难以言传的神秘笑容。等我长大后才知道，在那座鲜为人知的院落里，驻锡着一位声名显赫的大活佛，他圆寂于2000年的春天。

7. 说到一只船街道的南侧，就必须说到一所小学，它原先叫东风中学，后来改名为一只船小学。它是一所"戴帽子小学"，即含有初中两个年级。一座青灰色的二层楼，构成了它全部的内涵。我在1972年进入这所小学时，碰上的第一个班主任姓沈，她来自天津。时至今日，我仍然怀念她在第一次上课时晕倒的情景，她颤颤巍巍倒下的样子，给我留下了难以磨灭的印象。我们所有同学都呆若木鸡地看着她口吐白沫挣扎的样子，可没一个人站起来搀扶，为此她获得了那一年度的先进教师的称号。工宣队进驻学校是"文革"后期的事情，领头的是一个姓魏的家伙，他喜欢和学生们打成一片，在宽敞的操场上赌玻璃球。他玩弹子的水平在一只船辖区内家喻户晓，走在路上的时候，他一身发白的工装内时常传出玻璃弹子的优美声响。在学校围墙以南，整齐地码放着七排老式的平房，恰巧它的名字就叫"七排平房"。那是一些清朝末年修建的建筑，墙壁上镶嵌着很多砖雕，故事内容一般取自岳母刺字和孟母三迁之类的传说。七排平房毁于1976年，那一年因为有了唐山大地震，所以它的毁灭基本上无人问津。在我上学的路途上，要经过一段曲里拐弯的小巷，巷道的一侧是人家院落。有一户人家儿女颇多，奇怪的是老大儿子和老大女儿均为白痴，常常站在街口上往学生身上抹鼻涕，而他家的其余几个孩子都异常聪明漂亮，尤其是一个扎着麻花辫的女儿，比现在的章子怡和巩俐还要美丽一万倍，可是最近一次我碰到她的时候，她骑着一辆三轮吆喝着买卖，我心里难过了一下午。在通往学校的路上，少年时代我最大的收获就是拾到了五毛钱，一看四下里没人，我掖进了怀里，幸好周围没有警察叔叔。

8.我家门口有一棵左公柳，据说是当年左宗棠西征时种下的。每当夏夜，院子里的老年人一般都坐在树下，谈论着"梅花党"的故事和"一双绣花鞋"带来的神秘体验。那棵树死于

1978年，原因是树旁的一户人家总责怪春天的柳絮飘满了他们的院子，所以指使孩子铲掉了树根下的皮，它像一位老人什么话也没讲，在春天发芽时变得僵硬了。

9. 煤场里有一个来自上海的老头儿，一直充当场里采购员的角色。一到夏季，人们常常看见他的自行车上载着一只水桶扬长而去，直奔雁滩，深夜来临时，煤场的家属院里就沉浸在一片沸腾的蛙声里。上海老头儿在院子当中唯一的水龙头下宰杀着那些青蛙，血腥的气息经久不散，以后几天，老头儿碗里的白饭上便堆满了青蛙腿。那年头儿，西北人对这样的饮食呕吐不止，因为他们一般把青蛙叫作蛤蟆，一想就起疙瘩。不像现在，兰州城里挤进大大小小火锅店的时髦女郎们，首选的可能就是这一道菜，但她们如今改叫"田鸡腿"了，据说吃了能瘦身。

10. 记得，1976年9月9日下午，我刚从兰州大学的假山上玩耍回来，一只船街上最著名的秦妈便拉住我的小手，泪眼婆娑地对满街的人们嚷嚷说：毛主席，毛主席他老人家缓下啦（"缓"是兰州土话里"死"的意思）！不到一个小时，秦妈也光荣彻底地缓下了。

11. 在1979年秋末的一个傍晚，煤场偌大的场地上突然空无一物了，一队军车覆盖得严严实实进了厂区，车上拉着草席包裹的货物，军人们在口令的指挥下搬卸着，货物码满了整个场地，晚上还有荷枪实弹的军人在把守，没人明白那是什么。一只船街道上著名的"游击队长"肖老万在凌晨时分潜入场地，撕开了一包货物,他惊喜地发现里面全是鞭炮。次年春节的大年初一,他家门前一地碎红。

12. 20 世纪 80 年代初期,最早的一首邓丽君的"靡靡之音"是出现在一只船街口南侧的一座公共厕所里,一只巴掌大的"煤砖录音机"被人捧在手里。与此同时,出现的还有大鬓角、喇叭裤和女阿飞。

13. 在一只船街道上,二流子们一旦看上了某个路过的女孩儿,心里就充满了毛遂自荐的英雄主义豪情。北京话里的"套瓷",在兰州土话里一般被称作"采马子",马子是一个暧昧的说法,它绝迹于 1986 年,后来被"谈恋爱"这样的文明辞藻所取代。

14. 20 世纪 80 年代初期开始的严打在一只船街道上引起了普遍的响应,原因之一就是它为流氓恶势力泛滥的重灾区。我们那条街上最著名的首领叫"铁公鸡",他的军用挎包里,时常揣着一把锋利的军刺,他可以毫不犹豫地把军刺攮进一个人的后心里。铁公鸡在那次严打中被判了无期。毋庸讳言,他是我少年时代"最崇拜"的人物。

15. 那时候,一包双羊烟一毛五分钱,一包经济牌香烟值八分钱。我第一次学会抽烟,是在王志刚家的屋顶上,抽的是一根凤凰牌的,浓郁的香精经久不散。在那夜的屋顶上,王志刚还给我们吹了一段口琴(那情景和姜文的《阳光灿烂的日子》如出一辙),是一首知识青年上山下乡的歌,也叫《四季歌》,歌词大意如下:

四季的流浪人归来

小妹已离去；

我少年时代的朋友啊，你如今在哪里？

想起了往日的欢乐，我悲伤又欢喜啊悲伤又欢喜。

16. 幼年的王志刚在一只船街道上勤奋画画的情景，至今还保存在老一辈人的心里，他时常坐在一架茂密的葡萄藤下，在一张张草纸上画着素描，我和我妹妹经常充当他的模特。他是一只船街道上出去的第一个大学生，现在已经是蜚声国内外的雕塑家了。前不久，他还和国内的诸多雕塑家在陕西的杨凌农田里举办了一次展览，号称"和历史对话"——他的作品是一堆钢铁的甲虫大军，跑过了冬季的田野。

17. 在20世纪70年代末，一本手抄书在一只船街道上悄悄流行着。那时候，每家每户的孩子们都表现出了空前的学习热情，一盏盏白炽灯通宵达旦地亮着，我的同学们都在奋力抄写着那本大胆而刺激的地下书籍，它的名字叫《少女之心》。但是好景不长，家长们很快就发现了这一苗头，在我的记忆里，最早的"扫黄打非"就是在一只船街道上开始的。

18. 第一辆自行车的丢失发生在1982年的某个傍晚，在煤场门口的路灯下，一位叫王建国的工人把自行车放在街边，一个人凑近棋摊指手画脚，等次日黎明，他发觉自行车已经不翼而飞了，他坐在马路牙子上哭了整整一天。奇怪的是次日晚上，他的自行车又出现在了他家院子门口。

19. 我在1984年考上了大学，离开了一只船街道。此后每一次写下自己的名字时，我的脑海里就会浮现出那一条在黄河岸边飘摇呼唤的小街。

20. 大规模的城市改造也同样波及了一只船街道，在某些官员的意志下，"一只船"要被一个更富于时代感和政治特色的地名所取代。——我一下子慌了，在当地报纸的大讨论中，我率先发表了第一篇带有强烈"讨伐"性质的文章，专门拿一只船的历史来说话。我的观点得到了市民的广泛赞同，"一只船街道"终于幸免于难，得以保存至今。

21. 而今，我经常带着儿子回到一只船街道上走一走，一个颇懂八卦和风水的人告诉我，那里是我的由来和命名的根据地。——其实，我心里明白，我记忆中充满诗意和怀念的小街，早已物是人非了。我的记忆和书写，不过是一次次徒劳的挽回罢了。

杀人的民谣

一定，有一个人坐在大地上，细察过日头内部的湿柴，是如何毕毕剥剥烧起来的。我猜，一定有一个人，曾经骑在马上，游方四季，栉风沐雨，逡巡过日头内部的那一只玄鸟。这人是谁？我竟不知道。正史稗说中，也不曾提起他一星半点。反正，一定是有这么一个人，盯住日头死看——终于，他的眼底里生出了一层苍苔，日久生锈，蚌病成珠。

我猜：人黝黑的眼珠子，就是被天空落下的笔毫，标点过的。

这个人瞎掉了。只得在月光下颓坐，迎风洒泪。月亮是日头失散的一个小弟弟吗？晒月亮时，他会揪住一棵棵青草，究问这个答案。显然，月亮晒他时，月亮也晒着世上的青草。起伏的泥壤上，谁都仰头究问着这个答案。

后来，他翻开了一本经书，指给人念唱。他仿佛看见一位王子晒着月色，跃过宫墙，也去寻求这个答案了。

这位王子是佛。他坐化在一片青草地上。

于是，我猜想：这世上或许真没有一本真正的经书，能写下清晰确凿的答案，叫人了然在心，拈花一笑，渡此苍茫。那个瞎掉的人，或是你，或是我——只是我们晒着月亮时，眼底里曾有过一层荫翳，都不太明确作答，不曾看见。

那一年秋夜，我和漆进茂坐在草原深处的土岗上，晒着农历中秋的月亮。这个沉默经年的男人，蓦然开口，唱了一首杀人的民谣——

> 天留下了日月，
> 草留下了根；
> 人留下了子孙，
> 佛留下本经。

减　　法

　　这几年，往山上跑的次数多了起来。

　　山曰华林，位于兰州南翼、黄河右岸，实则是一座半生不熟的土岗。在张承志的《心灵史》笔下，它是晚清回民起义时，最后的堡垒之一。在一百多年前的冬日，义军们汲水浇山，将山岗铸就成一座冰雪的掩体，以待劲敌。

　　但政权的箭镞像一把扫帚，又将它净扫一空。

　　现在，这里是民政部门旗下的殡仪馆，亦是一个人最后的归宿。往山上跑的次数多了，多是去送父执辈的，道一声走好！领取骨灰的一段光阴里，大家掸净尘灰，风度翩然，像一只只鲜艳的花圈，站在土岗上，接着谈说起人际、股票、八卦、绯闻和接下来去饕餮的餐厅风味，浑然不觉。

　　仿佛，生活真在继续？

　　这次，竟然是他？！他是我的一个异姓老哥哥，五十挂零，一直对我善爱有加。从倒下，再被送上山，一共才一个月，短得像天空掉下的一滴雨，给他打了一针无望的液体。他才华横溢,热爱生活和美女,酒量惊人。在他嬉笑的背后,却埋着一个文人的失意、落寞和苦闷。在他的丧仪上,我写下这样一联:寂寞刀笔吏,辉煌酒中仙。

前不久,我还去陆军医院看过他。待他从昏迷中醒来时,他告诉我,他读到了我最新发表的一篇小说。瘦削的笑,从他的脸颊上挤出来,也顺便帮我挤出了小说中的那么一点点"毒素"——他说,文学应当是真的,加上善的,再加上美的。洵不虚言。

但现在,他的死却是一道减法题。

——其实,谁都知道,人生只是单行道上的一趟美丽奔跑,不许掉头。人生的尺幅也不大,只够填满一只红砖大小的匣子,像他。

但他年轻的死,让人登时肃穆萧索,一下子寒自心生。我们五个朋友,站在初冬的土岗上,开始使用减法,来计算这一场美丽的奔跑。

五个人时,就在殡仪馆门口支下帐篷,玩诈金花,或斗地主。

后来,进去了一个。剩下四个人时,就在帐篷里打小麻将,彩头是一毛两毛,不伤和气,又能鼓舞斗志。

又进去了一个。剩下三个人时,玩掀牛九(西北的一种牌戏,三人组合)。

两个人时,知白守黑,下围棋。

——剩下最末一人时,世上的黄昏便降临了,百鸟惊飞,乱云飞渡。最后的一人也该撤掉帐篷，蹲在门口，替世上来往的行人掐指算命，指点一二了。

....

等等！写到此处，腕下雷霆。我觉得那个坐入了世上的黄昏，替人掐指算命者，不是那最末的一人。

——它应该是一只空碗，置放于暮色下的土岗上。碗，也曾经少年，也莽撞，亦憧憬。在跌仆和传递中，有了痕印、小伤和豁口。所以，它现在命定般地空着，置放于黄昏和大地，如一个婴孩。它应该带着前定的宿命，要去接盛风霜雨露，接盛一切天下人的故事、泪、情仇和爱憎。

尤其，它要接盛下一切人的后果与前因。不分贫富，无论男女。

当罡风袭来，这只碗，能在暗夜里吹响——像那最末的一人，迷了路，或是醉了酒，被抛别在长路上。

将 进 酒

故事说：

有一天，一位爱尔兰人来到了都柏林的一家酒吧。在吧台上，他点了三大杯啤酒，然后静静地坐在角落里，一一排开，再去依次喝完。好心的侍应生上前，提醒说：先生，啤酒打开会走气的，您应该一杯杯来打。

这位先生闻听，先是感激，后哈哈大笑说：小伙子，事情是这样的——我有两个朋友，他们一个在美国，一个在澳大利亚，而我现在坐在都柏林。临分手时，我们约定，以后不论在世界的哪个角落里喝酒，我们都要以这样的方式去喝，以纪念我们曾经度过的那些美好的日子。

小伙子恍然。

后来，这位先生常常光顾，酒吧里的常客们也都熟悉了他的方式，并心里暖和，充满致意。

故事的转折开始了——

这一天，这位先生走进了酒吧，只在吧台上点了两大杯啤酒，然后闷闷不乐地坐在角落里，默默喝着。酒吧里的常客们看见这一幕后，都噤了声，气氛一下子冷了。心直口快的侍应生实在憋不住了，上前劝慰说：先生，我很悲伤，您损失了？……

哦，不！这位先生理解了他的好意，哈哈大笑说：不，小伙子，不是你想象的那样。我的两个朋友仍然很好，正活蹦乱跳，他们一个在美国，一个还在澳大利亚。现在，我之所以只喝两杯，实在是……

这位先生顿了顿，坦白说：

——只不过，是因为我自己戒了酒而已。

坦白讲，这是一则听来的故事。听完故事的夜里，我也只身犯险，跑进酒吧里，按这样的方式喝了一回。失败的是，直到我双眼明亮、身体泥软地喝瘫在角落里时，我也闹不清那走失的人是谁？那该怀念的一人又是谁？

没了怀念。

再没有比没了怀念，更糟糕的事情了。

一个人在世上驻留，迎送晨昏，短得像一声没有尾音的叹息，渺小亦如芥子。而"怀念"这个词，就是一根拴马桩，能系住漂泊、爱憎、后果与前因。或者说，"怀念"这个词是一根插头。一旦接续，反使人通体光亮，熠熠生辉。即使在暗夜疾行，迎头碰壁时。

——在转折到来前，这仅仅是一篇淡漠的小说，波澜不兴。

| 107 |

酒吧喧闹如散文,液体似诗。当猝然的转折开始后,那杯酒即成了一种哲学。

因此,中国才有《红楼梦》,而爱尔兰肯定会有一部《尤利西斯》。

幸福在哪里

大学时，我是逃课的生猛分子。因为我不信任。但我也有一个积极的想望：每家校园该有一片修林、一根笛子。该有一位面貌带点儿模糊的美女，去跟一个游方的僧人辩经。精彩时，他们手掌击空，掌声沾花落地。笛子呢？也应声作答，像一介忠诚的书童，弯腰拾起一枚叶简，夹进经书。

于此，一座深沉的图书馆，被弃之不顾，渐成废墟。

——夜晚点灯，逐读课本，贪享文字之美。天光放亮时，我则抱着自己流连昏睡，心骛八极。那是1986年，一切都是旧的。几乎每天早上九点，楼道里便会响起一阵木屐声，乏味，冗长，去往水房洗漱，路经我的梦境。像是问话？也像是一笑而过的提醒？这个从黑夜脱身的人，在空阔的长廊里，常会打开身上的某个按钮，哼唱起一句歌子：幸福在哪里？

反反复复，就那么简单一句，追撵着一个叫"幸福"的人。对过是水房。水声哗然，一遍遍将我的梦境浇湿——我不知道，每个人的少年时代，是不是都有一次去做落汤鸡的机会？反正我是。

那时候，一切都是旧的。

其实，现在也没有变得更新。

后来，那个人走掉了，歌声也杳无音信。他去了哪里？继续去拾那一句歌词，还是早被幸福拐跑了？我竟一无所知。

只是，他将疑问留给了我，叫我一直锈迹斑驳，心生苍苔。

一直旧着。

幸福这个人

我坐在黄河畔，晒太阳。

太阳不是一个词，是铜制的器皿，灌了油，递出一灯如豆，让我去辨识世上的心肠。那日午后，他们一对夫妻拉着满满一架子车的废品垃圾，负重登上了黄河畔的一面长坡。风吹坡顶。顺便，也吹凉他们身上的盐粒，和牙齿明亮的笑意。他们卸下拉绳，长舒一口气。女人从怀里摸出一只苹果来，在汗襟上揩了揩。刚递给自己时，却又闪电般地喂到了男人的嘴里。男人踏实一咬，留下一记月牙形的瓣儿，再推让给女人。

废品收购站的路尚远。

我继续晒太阳，看见车上有一块废旧的纸箱板，印着苹果公司的那枚标识。

另一次，大雪初霁。我穿过一只船街道。

在58号大院前，我看见一位美貌的少妇，端着一盆热腾腾的衣物，在擦洗晾衣绳。她背对我，心思专注。高贵、性感、妖娆,亭亭玉立,像一只优美的天鹅。按理说,我称她为建国嫂。晾衣绳其实是一根铁丝,手抚过,会有一种青铜的声音,弹奏空气。她打开一件件热腾腾的衣物,双臂一甩,将它们一一抻直,挂在铁丝上。定睛看去,却原来挂满了几十块尿巾尿布,上头淡黄的印痕说明了什么。屋檐下,一对老人坐在轮椅车上,晒着云层里稀薄的日光。他们静寂的样子,像极了一堆旧日的档案。

作为街坊,我知道他们是建国嫂的公婆,瘫痪多年,难以自理。只是,在她抻起尿巾、迎风一甩时,我望见了一层水汽,骤然腾起,缠着五彩的霓虹。那一刻,太阳恰巧露了头,朝人世上一觑。

——我在一些宗教画上读到过:在圣人或使者的头顶,常有一轮鲜亮的光圈,作了证明。

葬仪的行进

青海东部,靠近积石山一带,有一场葬仪在行进。

山里积雪盈尺,风寒鸦瘦,枯木遍野。起灵时,一只黄铜的铙钹在前头狂响,一路逐奔,仿佛头羊,作了引领;十几根清漆的灵杠,抬起龙头寿材,在清冽的日光下狂步紧随。我知道,那座金色的车辇上,坐着一静默之人。这个人的名字,叫"死"。

路经每个院落时,村人们必会燃起一堆麦草,焚烟路祭,送君十里。

此刻,在积石山上,一幅版画在秘密地印制:那群缭绕的烟柱,仿佛一根根梯子,直端端地站着,正接续世上的亡人。

麦草是今年的。

今年的麦子下来了,但亡人却来不及吃上一嘴,就上路了。

在浩瀚的雪原上,一副鲜艳的寿材奔行着,犹如一艘刚打造停手的新船,追撵着天上的梯子,去说一句话,去赶一次长脚。

我心里一疼。蓦地想起昌耀写过的那个词——

"慈航"。

追悼几个词

"风,随着意思吹。"

十六年前,在写下这句诗时,我的墨水就干了。墨水一干,说明一个人也该到了闭关隐修的季节。有一扇门,再也不必跨出,只需要研心问暖,冷热自理。诗,乃是一座修远的寺庙,只在暗夜里砌筑,可真不是写出来的。犹如风起,像一篇自然主义的散文,往往无人问津。

风吹,这是一个通透的瞬间,天空无蔽,让书打开,让心一凛——风吹自然,风吹古代,也吹过我的先人和祖籍。风吹过十点四十三分,也将吹过明天傍晚始发的一列火车。风吹人世上的生灵,也吹过一个婴儿刚刚尿尿的响声。这个小小的幼兽,其实还不知道,风也是一个难心的人,揣了惆怅,手持桨板,打望着这个空荡荡的人世上的流水。水穷处,自然也不见了风起。

现在,连那最后一点点的意思,竟都没了。

风呢,也就从远路上撤回,懒得究问。我被城市这家伙拎起，夹在腋下，嗅见了汗腥和馊臭气，恍若一匹瘦狗，拎着骨头，在人世上喘喘奔命。

没了意思。

词的死掉，就在眼前。

——说话的空隙，风换了装，改了心思，与其他的伙伴们逐一走散，相忘天涯。还好，我揣着一本秘密的亡灵册，细数它们的名字：

流年、倾听、凌晨或黄昏、如来、落叶、天意、义、苍茫、小驹过河、宁静致远、棋局、真水无香、云絮……

在卷末的空白处，我静候，等待填写其他的亡灵之词。他们会来的。因为每一个词，事实上都是一纸契约，写在部首偏旁里。只是，现在他们还未坏掉，还像一台台磨损的引擎，在荒凉的人世上，吁吁赶脚。

其实，墨水也是一个词。

墨水干了。现在，我再也记录不下什么，连一个亡灵之词的间架结构，一阵逶迤流失的翅影，一捧净水，都再也无能为力了。

也好，我这就合上这本卷册，敬请安息。

一日不作，心生荆棘

有一朋友，少时为贼。

贼的妙处，就是不能被屈打成招，再将鸭子嘴煮硬，滴水不泄。从宽待之，若一日为友，则终生为友。海枯石烂这个词，也不好去形容。他是我的发小。在过去的旧日子里，我有幸做过他的班长，替他写过作业，撒过小谎，还请过几次家长，严肃地谈过成长的疾病（做贼一事除外）。

准确地说，他偷的是白玻璃。

那是一个玻璃紧俏的年代。虽说大地粗糙，无限生成，但玻璃是石头的精血，工业化的针脉尚不能恶意抽取，索要无度。其实，旧日子也有旧的好处，比如路不拾遗、夜不闭户。家家户户窗牖破损，蚊蝇穿梭，日光也缓慢，梦亦稀松平常。自从打碎了教室里的一块玻璃后，他一受罚，就积极上了道儿。

那年夏日，这个贼伤透了脑筋。他一直忖度，如何安全地将一整块玻璃，运出玻璃厂的大门。玻璃厂在学校附近。偌大的场地上，码了几堆需要外运的玻璃。碴口发青，仿佛一汪汪雨后的水洼，埋伏着几只青蛙。后来，他终于想出了奇绝的窍门，落草为贼。

——夏天的正午，他佯称工厂的子弟，堂皇地进了厂区大门。工人们在楼群的阴凉里歇着，远远望见一个小孩儿，张开双臂，呈现一个"大"字，臃肿地走来。随口问："做啥的？"他便含蓄地回说："练功！夏练三伏嘛。"问话的人也再懒得追查，任其在空旷的场地上，蛤蟆样地来来去去，不亦乐乎。

他将一块块玻璃偷出来，不光赔了学校的，还将另外的砸碎在废品收购站里，贱卖了。一块废品卖出去，值七毛来钱。这在当时是一个不小的数字。我跟着他，吃遍了兰州城里最好的牛肉拉面。

却原来，他充分运用了光线的原理。有人叱问时，他便稳住身姿，正面迎人，让日光照透怀里的玻璃，仿佛身无一碍，了无牵挂。用他的话讲，日光也有发黑的时刻，况且一只肉眼呢。

他屡屡得手，一日不作，心生荆棘。有时候，遇上刮风下雨的天气，他就跳着脚，郁闷非常。再说，玻璃的丢失引起了有关当局的重视，还误以为是反革命分子在搞破坏。于是，设伏一下是必要的。东窗事发的那天中午，他又在一趟趟演练蛤蟆功，待对方抛来一句问话时，他照例回说："练功！夏练三伏嘛。"

恰此时，一丝暗云忸怩而来，遮住日光，泄露了他。

他一番惊叫。玻璃似一条青鱼，滑脱丢手，泥样地瘫痪在脚下。但鲜明的荆棘丛却很刺眼,泛着鳞光,犹如一捆细密的毒刺,退出了他的身体,救赎他。他被管制劳教,三年不知肉味。

心荆肉棘。

——这本身就是一个令人魂飞魄散的词。不说,也罢。

飞越疯人院

跃下山岗，就望见一座青砖的建筑。

那年六月的末梢上，天水一带气候异常。不是井底里冒黑水，就是青蛙集体过街，像动物世界里的起义军。夜里的天象也奇崛。星星们挂在一张沉闷的蛛网上，一步三叹。借上一辆自行车，我和一帮多血质的青年准备去郊外，去探视一下疯人院里的动静。

谁都知道，疯人院里的宝贝们，揣着一颗敏锐的心，也有出世的看法。

郊外的麦子青黄了，灌浆已毕，给起伏的山峦泼上了一层油漆。歇脚时，我们在麦田上朗诵诗歌，打滚摔跤，把理想寄托于远在远方的风中。又扶正一棵棵麦苗，替秋天做了交代。20世纪80年代最后一季的云朵，也含有一种文艺的灌浆气。我们把成列的麦苗，看成一首首刚写下的、成长的诗。

驰越山岗，疯人院像一枚印章，别在地上。

正值放风时。铁丝网里的操场上，一个个病人身穿条杠的病号服，或在散步，或在吟诵，或在墙根里晒日头。也有一群肌肉发达的，争抢一只鸡毛毽子，腾起一团团尘灰，仿佛按下云头的孙悟空。支好自行车，我们跳过铁丝网前的壕沟，趴在网眼里细看。

此时，病人们也围了过来，叠了罗汉，对我们挤鼻子弄眼的，看着新鲜。我和那个奇崛的世界，只隔了一层薄薄的距离，吹弹可破。突然，一个病人指着我们，欢快地招呼伙伴们，讶异地喊："快来瞧，外头有一帮疯子。"

"一帮疯子！骑着自行车来的，是一帮长头发的疯子啊。"

"戴眼镜的疯子们。"

在劈面而来的讥诮声里，我和这帮多血质的文艺青年们，惶恐地跳上自行车，丢盔卸甲，心跳顿失，骑上了丘陵。

云层低垂，疯人院像一块卵石，滚下了山岗。

春　天

剪羊毛的季节，悄然来了。

草原深处，一座寺庙刚刚砌毕；一只鹰捧着完卵，驰越天庭；一块毡毯将撵完一半；一个黝黑的婴儿才啼出一声。

风起时，一个剪羊毛的季节，落地生根。

——其实，我一直相信，是太阳这个虓形大汉，拎着一把黄金大剪，走过草原。要不，比牛奶还白的羊子，比白昼更亮的羊子，说明什么？风吹斜表情，天空陡峭，鲜花打开。这个醉酒的糙汉子，踉跄奔行，在星宿上买醉，云朵上长卧不醒。那时，蜂蜜是沉默的，狗也不知所终。

春天了。

终于，他想起剪羊毛的季节到了。

数不清那些秘密的羊子，究竟是从哪一根青草的根部上，悄然挤跳出来，站在这个荒凉人世上的？像晨时的露珠，挂在大地的腰际。像一片片瓦，在地平线上飞行。像一根根燃香，机深如海。经过漫长一季的寒凉和摔打，它们被雪冻伤，被风弹破，被鞭子遗忘。现在，它们是一只只瓷器，蒙了土，覆了尘，漏洞百出，挤满在草原深处，等待探看和修复。

——它们破着，碎着，裂着。在春天，祈望一位热烈的修补匠人，拎来一只黄金大剪，去细查，去慰藉，去剔净身上的疾病和哀痛。

这时，太阳来了。

太阳这个糙汉子，从蛮荒的醉里，一步步醒转，忆起了荒疏的手艺活儿。他是一个锔伤补心的工匠，一年一回，赶着春季，来到人间。平素的日子，他则站在天上，翻看手里的账册，记录着世上的爱憎与情仇。

剪羊毛的季节到了。

草原上，脚声恳切，经幡猎猎。

这是一个需要举意的时刻。

我知道，我其实也是这么一只羊子，一只携伤具裂的瓷器——日光照我，如照着世上所有的好儿女，带了恩情，去怀想下一季的生动和热烈。

世上的天平

坐在山顶，拍打灰尘。

仅仅是路经。翻过天山时，一场起自巴音布鲁克草原上的大雾，散了。散也就散了，不过是一阵蜂蜜和流奶的风。从远处来，又回到了远处，像一个人走掉，再就没了消息。却突然间，云塌陷，天敞开，一个广阔的世界大得无边无际，竖在眼前。人的心，也就断成了游移的悬崖。

鹰若标本，挂在太阳上，一动未动。

这么空荡荡的人世，荒凉到了惆怅，不置一字，也没了那种水落石穿的一粒粒声响。这时，便需要拍拍衣服，抖落灰尘。

拍打灰尘。

——在山脊上，手一抬，其实只听见了自己的空洞。接着，乃是人世上的一粒回声，弹滚而来。"拍打"这个动词，仿佛一个人的乳名，荒疏了许久，现在才被唤醒，跟着前世的脚踪，嗅闻而至。

人的心，其实也是一捧灰尘、一丸泥，在宽阔明亮的人世上浮游。拍打，只那么随意的几巴掌，心的空洞便毕露无遗。

据说，这荒凉的世上，最早是有一架天平的，用来称一称心的重量，再去分配每个人的来路。埃及人这么想过，中国人也这么想过，黑人与白人、富人和穷人，也都如此作想，猜着末路上的歧途和光阴。

于是，在上秤前，拍打，便成了宗教的源初，是一种信仰的举念。让心轻下来，再轻下来。比一片羽毛更薄，比天堂还轻。

但现在，人的心都实了，充耳不闻。

那一架世上的老天平，也脚声杳然。

破　　碎

再没有比这个词,更残酷的理由了。

"破",其实是一种声音,挣扎地张开嘴,攥出心,念出这个字的咒语——风起兮,让这个空荡荡的人世一下子警惕起来,抵住嗓子眼儿,破、破、破地发音。破的时刻,云裂,地圻,日头西沉,暗鸟惊飞。

一个人的姿势,也就出现了漏洞。

"碎",则是一捆明亮的荆棘,掉下来。将这个人的影子,钉在地上,去继续他世上的伤心与怀想。

破碎:一旦碎到了破的地步,即使一尊神佛,也再不会破矣。

书　　道

有一度，不喜欢沈鹏老的字，不能究里，唯因直观。

我甚至觉得，在一页劈木抽髓、鞭辟取筋、辗转而来的宣纸上落笔，不是每个人都有资格。那该是一份圣职。从念想的第一刻起，须一退，再退，直到成为一介修士，或一位忍者，披古时的星斑，戴旧日的月痕，漱口，净手，将自己锻塑成一枚那时的青箭，自虚空里射来——

于香氛缭绕的宗教感中，在偏旁与笔画之间，延展想象，闪转腾挪。

或者，与刺绣相仿。一匹取自春蚕的丝绸，凛凛冽冽，寄托于流水，委身于午后的一阵地气。该有一位心碎的可人儿，倚在织机下，呢喃秘密。

但今天不！

在一件印刷品上，有沈鹏老书录的杜牧诗句，突遭电击——

直道事人男子业，

异乡加饭弟兄心。

心想：书道的正途，或许不止停在"艺"的自炫、间架的无懈、结构的匀称上。更非表演的仪礼，亦非亵玩之鸟。在力透纸背的另一面，该有与云宣深埋的呼吸相应的——"义"，去适时作结。

远远望去，所谓的纸墨之寿，也无非是一个"义"字，守在了地平线上。在旧时，乃是士的节贞，是墨的操守，是一诺千金，才可能腕下雷霆。

于是通透；

于是海纳；

于是鹰高挂、日垂悬、帆正紧；

于是太初有道。

牧云的人

有一个人站在云上,揣摩世间。

我觑不见他的表情,闻听不到他的脚步声,也摸不见他的心跳。但我知道,一定,有那么一个人站在云上,放牧着,什么。

要不,风起时,怎么会有大团的云雾,从天空深处挤出来,从日头的库房里癫跑出来,从青草的尖芽上漾荡起身?要不,午后的那一阵子暴雨,干吗要急慌慌地擦掉地上的污泥,连累了旱獭和地鼠的王宫?要不,夕光砸下来的一瞬,山腰上大金瓦殿的脊顶,怎么会坐着一位观世音?

秋草黄了,在甘南草原。

早起,一个羸弱的阿奶,带着她的朵拉、羊只、酥油、茯茶和经版,走进山里。黄昏时,一匹单身经年的獒犬,牙缝里塞满了妖怪、魔鬼、传唱、爱情与失败,在毡房的周遭踱步,雷霆不已。——四姑娘叫卓玛,在今年夏天的转场中,一个人悄悄走掉,再也没了指甲盖大小的消息。

一帮子穷亲戚,坐在草原深处,时常寄信,说明近况。

一定，有那么一个人，站在云上，放牧着什么？

——其实，我知道此刻，秋深了。

秋深的时候，即便一只滚烫的巨鹰，青春也会被吹凉。我的青春也凉下了。我热爱的穷亲戚们，嘴里吮过的酥油，也越来越淡了。往后的日子，八成是一道窄门，云落下，冬苍临，草原和牛羊也会被冻伤。

只是，那牧云的人，也牧着世上的一切，偏偏不作声响。

我亦缄口，热泪长流。

世上的奇迹

经上说,唯有旷野中,才有神。

这是一句令人悲愤的话。在乌泱泱的人世上,神忽然弃绝,和他怀里那一颗奔突的心,跳出三界外,杳然无踪,寂寂绝尘。——徒留下一把悬置的椅子,一个空虚的名望,一粒符号,替世代作了道歉的说明。于是心想,在神撒身别离的那一瞬,会不会鹰击落,日黯淡,泪抛别,像西北花儿里所唱:除非青冰上开出了一朵牡丹?

心念如灰。

风起时,灰便是不着一字,像神的衣袂下卷荡的尘埃,一一顿灭。

悲,是一种情致,向下的俯冲,一堕,再堕,终止于万劫不复。而愤是一种姿态,撒出去的手,攥不住什么,惶惶而走。多少次穿州走府,空手而归,其实说的是一卷卷纸灰,在复辟的路上踏行而来,意欲回归原形,比如塑身为一棵树,一枝苇,一茎草,一盏花,以站立的姿势,再悲愤地翘望。

神的缺位，也使这个乌泱泱的人世，登时宽大明亮了许多。
何以？

三个友人狼奔豕突地回来，从果洛，从玉树。照例，我看见他们颠沛的屁股后头，跟着一阵失败的尘风，于是接引，于是洗涤。

酒像一盏灯，

照着归路！

于是，他们说了一幕世上的奇迹，大意如下：在海拔4200多米的玛多县城外，有一处玛尼石堆。——祭祀的玛尼石并不鲜见，若六字真言的字母，标识着轮回或地址。在青藏高地的犄角褶皱里，像石化了的鹰，或鹫，静候顿悟与澄明的一瞬。玛多的却不同。三个友人结结巴巴道，好家伙，不亲见，难置信，足足有26亿块斑驳的大小经石，堆在地上。

不信？

去查《吉尼斯世界纪录》吧。

其实，我知道，宗教恰是这一刻产生的。

神的匿藏，并非出于勘破，亦非自愿，自觉更是一份无上的修为，无从谈及。像任何案件一样，灰尘会泄露他，空气会出卖他，一不小心，让他无端留下透迤的印迹子，指示来人。——这印迹子，犹如一团毛线，牵出线头，一个人方可迷信起迷宫与传说，尾随而上，供养或寄托。

与其说是一份信仰的功课，不如说，是在觅寻神留下的印迹子。

我烂熟的几本经书，说到底，大多是神在用茶完毕后，用词语，用一条条哑谜，用三更时万物的脉动，用四序，用轮替的晨昏，悄然留下的印迹子。——神在忽然弃绝的一刻，并不想背离，于是留下指示。

心想，那 26 亿块玛尼石条砌筑的祭台，实则是一方镇纸，"镇"住了一条忽隐忽现的印迹子，怕其弥散，恐其消失，畏其遁迹。在这个宽大明亮的世界上，神所遗赠的这一条线索，多像是一根即将朽烂的马桩，另外还系下灵魂，系下漂泊，系下前世与今生的因果，再系下情仇与爱憎的细节。

所以经上常说：赶紧！

夜里托梦，梦见 26 亿块石条，是一只上升的椅子。

——只是，那一只悬置的椅子，现在空着，将来亦将空着。空空如也，仿佛眼前这个宽大明亮的人世，人来人往，鼻息可闻，却又萧然远引。

但椅子上，始终不见，即将到来的那人。

彩 票 经

而今,彩票成了显学,人人吟咏。

守号之人,一定是在穿州走府的长路上,了无伴当的旅人。他的钵,一直空着,盛下夜露、鸣虫、翅影与风尘,像一部初创的哲学文本,一无来路,二无归途。他牙关紧锁,偶遇的释子、妖魔、杂耍者、玻璃匠人、冥想者,均对其无解。一个守号之人,羁留于地平线一侧,餐风饮露,塑身如佛。

选号之徒来也!

其实,世上只有一只算盘,执于高处的某人,毕剥作响,理论于心。——在天罡的上方,是日轮,乃月印。轮替的长路上,它计算着脚程,刻画了得失,于翻云的笑脸下,露出了覆雨的霹雳手。在地煞的角度上,四粒珠子,标识着四序的阴晴,斗星的热烈与寂寞,以及内心的表情。

这是一本诗集。

选号之人终生的修为,乃是告发,这本诗集。

尚有那随机而为的人,默认了机器的文明——唰,吞吐自然，是一篇破绽百出的散文，好比夜宴之后，黎明初起的悔悟，好比鞋窝里埋下的一颗沙粒，好比一声歌剧式的咳嗽。呵呵，嘿嘿，弱水三千，一瓢足矣。

且慢！

漏下的一人，该是冥思者，类似圣人。他不参与投注，却时时发思，犹如禅宗的棒喝，驱人一凛，继而拈花绽笑。

黄姓同事，热衷福彩，经年不息。

一日，黄姓同事站在投注站门前，位列末端。买彩的队伍，令人忆及旧年代里抢购冬菜的情景，但彩票和大白菜、土豆、胡萝卜又有革命性的迥异，前者关乎精神，酝酿庄严，后者为了果腹。百无聊赖中，黄姓同事觑见路边有一算命的瞎子，神袍，道冠，执一广告的幡子，在风中伺立。脚下还有一幅"双鱼图"。黄姓同事玩性顿起，仓皇道："算一次多少码内？"

回说："五元！"

"给你十个元，老神仙，帮我算出今晚彩票的七个号码来。"

——孰料，瞎子扔掉手中的幡子，摘下鼻梁上的石头墨镜，双目炯炯，玉树临风地断喝："呔！滚一边儿去。我要是能掐出那七个号码，划得着在路边摆摊算命吗？发傻了你呀？"

那一瞬，黄姓同事说，瞎子真像一座刚刚翻新的寺庙，熠熠生辉。

据说，中头彩的概率，好比是将全美国的黄页堆在一起，你像李寻欢那样，拿一枚钢针，例不虚发，一针扎中了你家的电话号码。呵呵，恭喜你！

刚写到这里，一则新鲜出炉的新闻来佐证。欧洲大陆的新一轮彩票开出，奖额高达1.7亿欧元。据说，差不多等于一个普通工人，劳作137辈子。

137辈子。

——心想，静俟到那一世的人，准定荒凉、冷寂、无端萧瑟。因为，那时世上的人，均已成佛。雨露广洒，香氛遍地，一纸彩票，究竟能得度几米？

说这话的人，也摘下了墨镜。

标　　点

最是仓皇辞庙日。

——想象说，该是一团骨殖，不再敛迹，松开了锈蚀的翅翼，找见了往昔鹰或鹫的感觉，意欲从一个国家的屋脊上起跃，斜刺里（一个多么惊心动魄的辞藻），晾晒于空气，像一次痉挛，像一辈子的瘫痪。

因为，最后的时刻到了。

在昏暝的雾霭中，也该有一枚针，匿身于命运之手。当鹰或鹫，在内心里摊开自己的一刹那，这枚针，夺地袭来，一个人也就成了国家和历史的标本。——谁也说不准，它是一只鲜亮的花圈，还是一声短促的惊叫。

等等！

在腾身的一刻，亦该有一道暗影中的门槛，将人一别，拽住一生中最末一次的邂逅或踉跄，留下窸窣的衣袂，仿佛那个时代印刷错误的一张报纸。这道门槛，内心湍急且热烈，张了张嘴，却不发一语。于是，在"别"住的刹那，可以重新来标点：

最是，仓皇，辞庙日。

最，是，仓，皇，辞庙日。

最是仓皇，辞庙日。

最是仓皇辞庙，日。

剩下的句子，似乎都留在了门槛内，掩面而歌，有一种嗜血的狂欢。在那人凄厉的脚步声后，吹灭了灯，浇熄了灰尘，刈除了一些粗枝大叶，和这些标点。由此，这首词变成了一阕杀人的歌谣：

教坊犹奏别离歌，

垂泪

对

宫娥——

夜　半

零时刚过,走廊里传来了一阵子窸窣声。

这个病房是一个套间,我陪护家人一间,另一间空着,空了许多个小时,日头拿走了什么,夜又送来了什么。但灯绳一响,有一种东西就跑干净了。——下午时,刚从里面推走了病人,污迹斑斑的床单,像开给另一个世界的入门证。门是"L"形,担架拐不过弯,俩兄弟抬着妹夫进来时,一愣,再一愣。

我劈头盖脸地迎上去,想帮衬一把。

妹妹向隅而泣,提一个网兜,塞满了脸盆、布鞋、板凳和十几块鏊饼,像长路上,赶脚的旅人。妹妹只是哭,肩胛忽高忽低,哭得布衣上的印花都快开败了。败也就败了,花败在夜里,说不定也是一种归途。但人不能。我忙计算着角度,好给他们出个像样的主意。

只耽搁了三分钟,胡子拉碴的弟弟就耐不住了。

放下担架,弟弟抄起妹夫,一扔,扛在了自己肩膀上,大步流星地跨进了病室。我木然,仿佛看见了黑旋风李逵,从一本禁书里溜出来,在世上打家劫舍,了结恩怨。弟弟卸下妹夫,打开,随手一丢,抛在了床上。——被褥里挤出来一股子陈旧的气息,像回忆。

说是要挂水,但护士们阒无影迹。

凌晨时,俩兄弟蹲在电梯口,烧烟,叹气。

于是知道了,他们来自甘肃景泰,家在毛乌素沙漠的南翼,六亩薄田,靠天吃饭。妹夫出外拉沙,但车子翻了,胯下的"三马子"倒扣过来,横砸在妹夫的脊椎上。弟弟说,天爷呀,连车帮子都歪了。哥哥亦介绍,县上的大夫说了,脊髓还在,或许,或许是神经断了吧。

妹妹忽然恼了,从网兜里摸出一双筷子,当着弟兄们的面,咔嚓,撅折了。

折了的筷子,登时露出了一簇簇刺,带了冷寂的锋芒。——原先,它们敛住自己,顺滑、细弱,布满了光泽,与眼前的人世合二为一,似乎并不会觉出什么。但现在一打开,却是藏有一束秘密的荆棘。

妹妹不说话,原来,是哑子。

我一激灵,想起刚才黑旋风弟弟的鲁莽举止,蓦地一疼。

墙上的指示灯闪烁不停,电梯始终在上下,运行。在夜半,这只神秘的铁箱子,在搬运着什么,却谁也没有揿下这一层,无人走进来,说一句暖话。

俩兄弟也不说，只顾着掰开鏊饼，往口腔里填。吃到干噎处，喉咙里打雷，有一种骨骼的声响。颊上的泪，是咸的，却不能解渴。

——唯有墙上，那一排阿拉伯数字的神经，熄了，亮了，再灭了。

仿　　佛

髣髴，亦即后日的"仿佛"。

在这些繁复的笔画里，我看见了一个词的深入，一次归位，一场秘密的典礼。——它本来轻佻、顽劣、懵懂，却在凝耳中，听见了一声遥远的律令，一嗓子断喝，不由得停顿下来，检视自己。渐渐地，它开始收拾住奔突的内心、踉跄的脚步，敛住翅膀。它洗尽铅华，素面朝天，倏忽间，变得整肃和庄严起来。这是一个词的完胜，卸下了胄甲，站在了今天的辞典里。

从"髣髴"开始，应该是有一个坡度的。

在坡顶上，有众望所归的海拔、景致和内心表情。它翘望，由此起步，抛别了市声，丢下了陡峭的凡俗，疾步简行，立意变得轻盈与愉悦起来。像一个词组成的鸟，在天空中掠过，写下粗黑的标题，以及段落大意。

佛，

此刻，矗立山巅——

而后，俯瞰人世上剩下的全部事情，皆是"仿"。

发　　面

那时，要蒸馍或烙饼，总是先发面。

新麦是最好的，粗颗粒，不要研磨太细。——它们从打麦场上赶来，带了秋后的喜悦，且裹挟着刈后的田野上的鲁莽、笨拙与记忆，遍体鳞伤，磕磕碰碰。陈麦不同。陈麦搁在面柜里，等于去冬的一场雪，尚未融尽。

发面前，母亲擘半碗温水，手试一试，不烫，亦不冷煞。然后将一剂酵母丢进去，静等化开。酵母是上一次蒸馍或烙饼时寄存下的，留个引子，好继续下一顿的口粮。此刻的一坨酵母，表皮结痂，干燥，硬实，仿佛一枚疲惫的土豆，从秋野上拾来的。它的内里，却接近于一捧水，包藏着在一些秘密的时刻酝酿下的精神、体香与逻辑。——投进温水，酵母便醒了，睁开最初的眸子，仿佛一个转世的灵魂，瞧见了稀薄的往世。它笑，或者哭，手之舞之，足之蹈之，像一篇性灵主义的散文，掠过了今生今世。

半碗水，开始浑了，若记忆。

母亲将酵母水撩在新麦的粉堆里，开始搅拌，匀速使力。先前还是分崩的粉尘、离析的心跳，此刻聆听到了一句失而复得的呼啸，声声断，雨霖铃。——穿州过府，自长路上踏行而至的酵母女王，不再衣锦夜行，杜门茹素，避世隐修。倏忽间，它抖落了风尘，露出真容，廓开了子宫般温煦的怀抱，拥揽八方。

我相信，这是一次结社。

甚至起义。

功课将毕，母亲大汗淋淋，赶着将这一坨柔软的面团，款款放进面盆，再苫上一块湿巾。她轻缓的动作，像抱起婴儿时的我。

夏天，只需将面盆搁在窗台上，炽热的空气逐浪而来，嗅它，闻它，尾随它，烘托它。如果冬天，必须将面盆搁在炉边，免得冻伤，犹如它们是一群远天远地的羊只，煨心取火。在漫长的发酵途中，少年的我，会听见它们叽叽喳喳的说笑，有一团团的气泡，自它们的身体内漾荡而出，生涩、忐忑、混沌。——是的，它们是属于秋天的，现在却被夹在夏日和秋风中，不能不表达意见，说出表情。

这时刻，一定在酝酿庄严。

我想。

北地的生民们擅长面食。

面食一般是"死"面，比如面条、饺子、疙瘩汤、一锅子、揪片子、拉面等，缺乏艺术和伦理，冷寂，不易消解。蒸馍和烙饼却不同，是"活"面，是在锅头灶下，将往年的地气接引过来，延续当下。"活"的精神质地，或者说宗教大背景，则是酵母，带着暗火与念想，湍急夜奔。我在兰州的榆中北山上，闻听过一户农家的酵母，是荒年迁徙时，从山西洪洞的大槐树下捎来的，相袭几十辈人，恩泽广被，代代不斩。

——"活"的市井之语，即是"发"面。由动词的"发"，抵达名词。

发面被切成剂子后，放在喧哗的笼屉里，在柴火的赞美中，蓬松，壮大，亭亭玉立，一扫少年时的稚嫩。往往，刚搬下锅时，母亲会紧着给热腾腾的蒸馍和花卷们挨个儿点染红曲、姜黄和蜂蜜汁，打扮再三，如出阁的闺女。蒸馍和花卷是居家时吃的，青春短促，不待久留。

但烙饼是长路上的伴当（土话：伙伴），救人性命，养人胃肠。烙饼别称"锅盔"。远古时，四方征战的将士们歇缓后，垒砌石头灶，倒扣钢盔，架在火上，又将怀里发酵的面团拍扁，丢在盔上，以挡饥寒。母亲烙饼时，经营得更细，会在发面的脸蛋上撒一些苦豆子、葱花、煎鸡蛋末，擀圆，碾平，一擀杖铺在铁鏊子里。鏊子下，乃是父亲从木器厂央来的锯末和刨花，文火，烟淡，风轻，漫长得像一场魇住的睡眠，且在傍晚。

灯下，一家人守着清贫之岁月，不知寒暑易节。

回头去看,面,真的发了。

屋顶上正落雪。炉子上,会有刺刺啦啦的响声,山蛇一般。原来,发起的面,先知先觉,早就溢出了盆口,掉在炉火旁,像是警示。

夏天,发了的面,仿佛一棵蘑菇树,挺拔站起,卸下头上的湿巾,双目炯然,山呼海啸,一泻千里。——在这支澎湃大军的身后,是酵母女王的震天锣鼓,是令箭,是大纛,是温酒斩华雄,是百万军中只取上将首级。

面粉一般白雪雪的羊群,攻城略地,势如破竹。

——这是一个时代,对饥饿的态度。

黄金在枝头转移

"蓬",是一介贫穷的词。诸如逝若飞蓬、蓬门荜户、蓬户瓮牖、蓬乱、蓬头垢面,在在不同,均显出了这个词的漏洞与苍凉。怎一个"蓬"字了得。这还不算,再添上一枚"草"字,算是逼上了绝境,退无可退。

在寂寥的西北,蓬草是一种写照,更是命运。

假设,这个奇崛而辽阔的人世是一张餐桌,蓬草则是朱门前的一杯残羹,是罢席灭灯后的一堆冷炙。冬雪落下时,木叶萧瑟,天地寒凉,唯有蓬草抱紧浑身的骨骼,风滚草,在崎岖的旷野上奔嚎。——洪荒时代的遗孺,经书里的弃妇,一行错误的标题,天空扔下的发锈零件,一路滚过,滚,滚滚,滚滚滚,声嗓里埋下了恨意与仓皇,直至化为白骨。

春天却是一剂针,喂给大地,蓬草仍有雌守之苦。

它含着舌根下的一口苦涩,于夏日的酷阳中,贴住岩层,根蜿蜒于地火,与蜥蜴、砾石、地鼠、浅梦、罡风、沙碛为伍。——丑陋的成分,倒了邪霉的阶级,恶毒的血统,它像一座旧时代废弃的仓库，无人问津。羊齿懒得睬，马嘴疏于吞服，牛亦作了骑墙派，硕大的身躯挂在天际，仿若赝品之鹰。秋天来了。秋天也不会好到哪儿去，不说也罢。

如此看来，给蓬草再插上一记草标，亦会经年不售。

在极端的黑夜中，蓬草是沉默的大多数，拽住一根灯绳，知道总有一盏灯，为自己点亮。或者说，它本身就是一盏灯。

其实，我想说的，是兰州牛肉拉面。

小时候，我垂涎于这碗面，但只有在考出好成绩时，父母才会给三两粮票、两毛八分钱，去饕餮一顿，犹如经书里的圣节。多数日子，我含着满嘴的涎水，走过面馆时，万念俱灰。——清贫岁月里的食物，在记忆的沟回里深埋，像陈年的老酒，越发浓香，越发勾人。惜乎，我们再也看不见一根水淋淋的黄瓜上，刚枯萎的花蕊，刚退隐的毛刺。再也嗅不到新一季的麦香，初春时蒸进馒头里的槐花和榆钱儿，卷进锅盔里的野玫瑰……自然猎猎生寒，人心，已被典押于对过往的抒怀里，沉重如磨。

那时，我常常看见一日的买卖停当后，厨师们坐在门端里，手执铁锤，在敲打一块块黝黑的石头。石头嶙峋狰狞，大小不一，仿佛刚从古代的山崖上劈伐下来，在飞溅的火花下离析，带着旧年代里的密码。我不明白这干人在做什么，个个像艺术家，在凿试，在剥离。碎裂的石块，渐渐被碾压成了粉末，再

丢进滚沸的铁镬里,在炉火上烧煮。刚刚还清亮亮的一锅汤,被煮成了泥黑的水,脱胎换骨,屏干,晾凉,珍存。师傅们告诉我:

"这是蓬灰!"

肉食者鄙。

秋风吹,山蛇肥。万木飘零之际,西北的农民们便携带了铁耙子,将旷野上的蓬草收拢回家,一半烧炕,一半点灶。蓬草燃尽后,炉膛里的灰烬,方成了这一季仅存的骨殖,蕴藏着精和气,被埋进了地下的深坑,像一场公开的葬仪。深埋三年,原本散漫的余烬,在地火和意志的催逼下,竟幻变成了一块块黝黑的顽石,被起出,被运进城里,被敲击成粉,被熬煮成汤。

是谓,蓬灰水!

蓬灰富含碱性。

在鳞次栉比的面馆,在西北农家的灶头上,此乃最经济、最贴心的食料,佐人胃肠,悦人心脾。使过蓬灰水的面粉,登时发生了革命性的转变,由白而黄,<u>丝丝缕缕</u>,仿佛一束束扯自太阳的金线,缭绕在碗中,纷飞于喉舌,落实在念想。——这是名播遐迩的兰州牛肉拉面最致命的秘诀。可惜,人心思变,光阴流转,现在的一碗碗拉面中,多的是见效极快的化学制剂,是市场批发的押面剂。而蓬灰杳然,退居地平线以西,生死孤寂。

青绿,进而焚为灰烬,达致于乌黑,终结在黄金一色。我也从少年人,混入了颠沛的中年,从一茎蓬草上,看见黄金在枝头上转移。

是谁?

——其实是里尔克,这样说过:"我们嚼着,痛苦的拌料!"

牙疼的精神分析

牙疼不是病。

——不是病,但它们麇集起,深埋在口腔里,砌筑了一个人的源头与动力。它们是洁白的石条,层叠着,开了光,发了咒,挤挤挨挨地窝藏下,像一个人青年时期必要的结社或激情。哪怕一生只此一回,哪怕迎头碰壁、覆水难收,一个人的唇齿之光,亦会闪烁光辉,带了标志性的笑,凛然远引。

反叛也是需要的。比如现在,牙齿在长路上的,一次踉跄,甚至跌绊。

——先是一线彗星,自天际一侧擦过,留下若有若无的迹印子。一不小心,落下来星点的火苗,犹如一个哑孩子,在青冥长天里呢喃、撒娇、耍横,揪扯不清。渐渐,又出现了一杆秘密的焊枪,带着变压器和弧光,在一个人的沟壑或山川中啸叫,揭竿而起。焊点所及,这个人一退再退,避闪不及,遂廓开了身体和内心,被洞穿,被蚀尽,被一阵漫漶的抒情擒获,张口结舌,类于朗诵。

的确,不是病!

牙疼,说到底,乃是一个人青年时代的梦想分泌。

上初二那年,因为嗜糖,牙齿上出现了霉点。张嘴给大家瞧时,都说要赶紧治,以绝后患。姜姓同学自告奋勇,牵拽着我到了人民医院,原来他父亲老姜就是牙科的一名小匠人,免费。那时穷,以为坏牙也是反动的旧社会。

长杆的钻头伸了过来,递进口腔里,小心翼翼地剔除、剥离、钻探。那时才十来岁,历史清白,家庭可靠,但钻头不究其里,竟然东问西看,一骑绝尘,深入骨髓,在内部拷问着良心和质地。老姜一发狠,在我的牙壁上打了洞,穿凿附会,直达神经。

于是,一束神经断了,在弧光中焦煳,腥臭不已。

老姜挺干脆,一不做二不休,填塞了一团药棉,杀死了它。

于是,那颗坏牙,经年埋在我的嘴里,像一座虚掩的穴洞,时时提醒着。偶尔,用舌头一吮,我的眼前便幻化出了老姜的笑脸,僵硬的举止,以及那时清贫的友爱。再吮时,我觉得自己的疆域在缩略,在退却,思想和身体越来越空,越来越残缺,留下了不可尽数的失地,来到中年。

——今年中秋节,我带儿子,去了西安的碑林游玩。

在一座唐时的庭院拐角,冷不丁发现了一处门庭冷落的摊位,治印,立等可取。儿子好奇,嚷嚷着要买一方印。交钱,书写姓名,择好石料,并在电脑字库里挑中了悦目的字体。摊主驾轻就熟,径自取过来一杆牙科的钻头,点焊其上。

牙科的钻头,仿佛一位旧日的塾师,摇头晃脑,在宫格上描画,凿试,精雕细琢。粉尘拂动,像我和这个时代的俊杰们,被劈山伐石,打磨一空。

我带着一颗旧日的坏牙,冲师傅笑——

老姜,

问你是否别来无恙?

老姜没认出我来,气沉丹田,手脚利索。三分钟,方告完毕。

那一刻,隔着漫长且氤氲的时光,我忽然恍悟,我其实根本没有一颗所谓的坏牙。——我,仅仅是一颗坏掉的汉字,曾被修整,被扶正,被补充而已。

牙疼不是病,乃是一个人的偏旁或部首,偶尔垮塌。

写　照　片

　　我思忖，那一辆微型皮卡在疾驰的过程中，一准儿发生了什么。事件发生时，搭载在车厢顶上的那只纸箱子，一定被一个蛮力之人彻底撕开，损毁了，扬弃了，顺便抹杀了我家的历史。这家伙是谁？暗中潜来，遁逃而去，在一个晴明的午后，干下了一桩不齿的勾当。又或者，缘故出在那只纸箱子身上，心存贰念，潜伏日深，此刻觅见了一个机会，遂带着叛逃的快意，踮起脚，小人得志地晃了晃脸，不告而辞。——文学的想象害苦了我，我懊悔不迭。剩下的，只有猛抽自己，把肠子彻底悔青。

　　搬家的动议提了许久，总一直拖宕着。
　　母亲说，给我留一些时间吧，我要跟老街坊们告告别，说说话，不能一走了之啊。都几十年了，熟得跟亲姊妹一样，这么唐突搬走，会让人戳脊梁骨的。再说了，也是给你们儿女们争脸，在一只船街道上画个句号，没旁的意思。父亲也别有理由，总说那套新房子有甲醛味儿，养过花，搁过洋葱头，天天开窗，点过蜡烛，还放过烧败的煤砖，但老也吸不干净，头晕。前一个理由无可挑剔，任由母亲乐颠颠地去说长道短，带一脸的泪水回家。后一个却站不住脚。妹妹请了专业的检测人员，三拨儿，一次一千多块，二比一，白纸黑字盖红戳，证明宜居，对人体基本无碍。但一直这么拖宕着，暗中抗拒着，彼此都快烦死了。

我们大院整体搬迁，位列市政府的一个宏伟规划。满街挂满了红幅，喇叭阵阵，身穿制服的动迁人员时时上门做说服，早迁者奖励，怠惰者扣款。某日早起，有晨练者忽然发现街口上停了几辆重型挖掘机，像怪兽一般踞伏着，利牙嶙峋，不动声色。于是大家口口相传，知道日子近了，真的近了。

果然，连街口那几棵阔大的左公柳都被伐倒了，枯木横陈，落叶萧瑟，仿佛大家共同的老祖父。街坊们的心里都揣了一团乱麻似的，个个阴郁，人人自危。那一段，唯有河州来的小贩们幸灾乐祸，收破报纸烂书本，收旧家具，收钢门钢窗，收破铜烂铁，一只七成新的冰箱作价五十，一台老电视出价三十，一辆崭新的小童车只值五块。小贩们的脸上说，乖乖，看把你能的，你还舍不得这一堆垃圾吗，你往哪里跑？

黄昏降下了，母亲和老街坊们手攥手，心牵心，站在悠长的夕光下，依依惜别。这番情景，像极了日寇"扫荡"时，家家坚壁、户户清野的样子，每个人的嗓子眼儿里都凝结着"珍重"这个词，却吐不出口。偶尔，会有某个家庭整建制地站在街上，拍照留念，笑意皆无。后来，出现了有心人，半夜三更地踅出来，口衔手电把子，踩在梯子上，拿起改锥，将红底白字的门牌号码撬下来，收归己有。嘿嘿，这是文物，"一只船街道"呀，将来留给孙子们吧。

其实，我也懈怠着，不愿自己被连根拔掉，失了乐园，丢了理由。——有一个算命的瞎子曾说过，呔，那是你的福地，别忘了你姓字名谁。

我叫叶舟，所以先来说说一只船街道吧。

她距黄河三四里，东西向，长不过七八百米，宽十来步。我出生时，那里布满了高干宿舍、平民院落、柴油机厂、矿机厂、煤场、食品公司、花圈铺、酱油店、国营理发馆和一家牛肉面馆，顶头则是赫赫有名的兰州大学。街旁有几棵阔大的左公柳，冠盖茂密，凛凛有型，给夏天的娃娃们扔下阴凉。街上只有一户人家姓叶，我父亲便给我取个"舟"字为名，做了个顺水人情。后来，这条街道遭到小规模的篡改，面目全非，玻璃大厦和各种K房、火锅城、高档海鲜餐厅错杂其间。一入夜，满地的霓虹让人想起旧时代的标语。

但这条街却大有来头，实在不敢小觑。

当年，清廷重臣左宗棠抬棺西行，率领湘江子弟，跨越黄河，准备入疆平叛时，路经兰州城外，见此地风水甚佳，忍不住赞美了几句。此后，前线战事吃紧，一批批阵亡的将士被送下来，日曝风吹，无法安置。左大人批了条子，令在兰州旧城东门外修建一座义园，以便暂厝亡灵，打算日后扶榇归乡。

说是义园，其实就是烈士陵园。——它的主体建筑是一艘航船的模样，高高的船艏朝向南方。庙顶的形状，酷似一根桅杆，夜夜升起一盏引魂的桅灯。它被列为禁地，擅入者斩。当时兰州的土著居民们不明所以，在围墙外的草地上赶大集、做买卖、小吃大喝，还统一了口径，称呼她：一只船。一百多年了，义园被风雨剥蚀，早就荡然无存，难觅印迹，但这个诗意的名字却延续了下来。我私下里忖量，她一直在等我，为我施洗。

我母亲之所以拖宕，恐怕还有另一番用意。

几十年了，街坊们的孩子一茬茬长大，结婚，生子，高飞，远走，但民间的记忆始终鲜亮。他们常常咂舌道，一只船街上出了三个好娃娃，一个是王志刚，现在是著名的雕塑家；一个叫蛋蛋，如今是银行家，省上一家银行的行长；另一个是大头明明（我小时候的绰号），叶嫂子的儿子，出息成了作家和诗人，乖乖，老看见他在报纸上的文章。

其实我清楚，他们指的是特定的那一篇。——那年，市上即将召开一次会议，要将十几条街道改名换姓，还吁请省内外的大企业来积极投标，用乱七八糟的产品名称铲除旧址，覆盖新姓。"一只船"也赫然在列，岌岌可危，大有其命将亡的架势。街坊们说，简直穷疯了，见过败家子，没见过这么大的败家子，这里头肯定有腐败问题。流言甚嚣尘上，一度传说，已经有一家制造痔疮膏的企业实地考察，相中了一只船，将来呀，这条街会叫"×××肛泰大街"。一时间，街坊们没了胃口，脸色蜡黄，如丧考妣，对这则传言笃信不疑。

我结婚后另过，但隔三岔五回去一趟，看看父母，取回自己的邮件。一只船街上的邮递员恪尽职守，也与我颇为熟稔，即便邮件写错了编码和门牌，但见到我这个卑微的名字时，仍会准确地投递到"北街108号"。有一回，我碰上他后，他诡秘一笑，说小叶你趁早换地址吧，改你自己的单位。否则，肛泰大街，呵呵，会让你外地的朋友们笑话死的。——我想，我手中还有一杆笔，我该反击了，不仅仅为了这条街的煌煌历史，为了街坊们的心情，还要替自己着想一下。我不能被连根拔掉，变成一只丧家之犬吧。这是私愿，但光明，且正大。

我跑进图书馆查资料，访问了地方志办公室，又走访了几位学富五车的老先生。终于，我找见了这条街的今生和前世，听见了这条街的湍急心跳，我夜夜梦魇，情不自禁。于是，我拉大旗作虎皮，将左宗棠老人家推向了前台，用一百多年的时光作酵母，发酵不平，酝酿庄严。那时，我供职于一家省级报纸，我的文章发在副刊头条上，用一种抒情的笔调，痛陈历史，摆古讲今，泪水滔滔，像一个顽劣之人在回忆说，我家从前也曾经"阔"过。不用说，街坊们传阅着那一张四开的小报，给我竖过大拇指，我很是被"刮目"了一阵子。我母亲也渐渐培养出了一丝丝骄傲感，特露脸。

当然，我不相信金石能开，为我动容，也不会断言那一篇千把字的文章有救世的药效，去贴金，去独贪天功。我宁愿相信那一帮委员们从善如流，冥冥之中，被左大人摸了顶，赐了福。委员们一夜之间幡然醒悟，但姿态忸怩。

——街道终究改了名,曰"甘南路",但"一只船"这个悠久的称谓幸免于难,从此蜷缩在马路两端的小社区里,蓬头垢面,如王宝钏和她的寒窑一般。

　　但这种危机感并未消退,时时针扎着我,就像我预感到,一辆辆疯狂的推土机和挖掘机迟早会来,"一只船"这个名字会被搁浅,雨打风吹去,晾晒在记忆的深处,终至泯灭。我渐渐变得一根筋起来,牛筋,死不改悔。我想,我必须为她做点儿什么。我写了一首长诗,用了挽歌的形式,提前为她谢幕。我还用札记的方式,梳理了这条街道上的旧黄昏、旧歌谣、旧址、旧日人家。我慢慢相信,唯有旧日子才能带给我们温暖。后来,我更欲罢不能,我将自己的小说强行安置在这条街上,让一些虚拟的人物含着斑驳的笑容,走在晨昏当中,徜徉于各自的天命之水上,随波逐流。——我记得,许多年前,一个叫加西亚·马尔克斯的记者去了古巴,访问大胡子的卡斯特罗,开口问:"您要是不做革命的领袖,您最想干什么?"

　　老卡说:"哈哈,那我就去找一条街,待在街的拐角处。"

　　我热爱的诗人叶芝也说过:"归根到底,能听见宇宙歌唱的地方,是你从时间、地点、家庭、历史等方面都已经扎根或决定扎根的某一条街、某一个社区。"于是,我明火执仗,替天行道,越来越一根筋地想写下一只船今生的表情,并勾连出她前世的履历,立此存照,永垂不朽。跑题了,此乃题外话。

　　动迁小组的人员冷着脸,时时上门,我母亲从街上紧急撤了回来。

一搬家，才会明白"家"是什么。其实，家就是藏污纳垢之地，是废品集散地，是你丢失了很久的一枚钥匙重见天日，是你失散数年的一只拖鞋迷途知返，免不了灰尘扑面，撬门扭锁，翻箱倒柜一通。——这时，矛盾也尖锐起来，彼此不可调和，势如水火。父母的立场是加法，扔不得，片纸寸物都是一辈子积攒下来的，一只破易拉罐能卖一毛钱，一公斤旧报纸值七毛钱，板凳虽旧却坐着舒坦，机械钟太老式，可比电子表还守时啊，等等。子女们想的却是减法，一减再减，恨不得将家里的老古董统统扔掉，轻装简行，一刀两断。争执，暴躁，吵架，抢来夺去，将整个家变成了一场局部战争，看不见的硝烟经久弥漫。父亲气馁地坐在板凳上，唉声叹气，说我也老了，老古董了，享不了那个清福喽。母亲也附和说，我们碍眼，干脆把我们也扔了吧，扔了你们就省心了。妹妹在一旁嘤嘤啜泣，委屈极了，一个大受气包。

新房是妹妹给父母买的，乃市内最幽静、最高档的一个楼盘，毗邻黄河，绿树成荫，装修上花了十来万。妹妹不甘心，总不能在金碧辉煌的新房里，再抬进去一些款式丑陋、咯吱乱响的旧家具吧。妹妹下了最后通牒说，该扔的都扔，一个脑袋两只胳膊，大家净身入门。于是又颠来倒去地四处刷卡，将簇新的平板电视、冰箱、空调、各种灶具、床、沙发搬了进去，连门端的脚垫和拖鞋都未撕开包装纸，款款静候。一番冷战中，父母渐渐退缩了，偃旗息鼓，看着那些使惯的家具和器物递进了小贩们的手中，又开始狠狠地讨价还价，一分一厘地涨，似乎只有从价钱中，才能收复失地，得到些许的满足。母亲的表情像一块咸菜，苦涩、发黑、阴沉，大有和它们生离死别的样子。

妹妹找来了十几个新纸箱，装满一箱，胶带纸便封存停当，垒在一旁。

现在好了，父亲在拾掇他的一堆花草，修剪，喷药，用报纸给花草穿上衣服。母亲安静下来，翻遍了每个抽屉，针头线脑，铅笔擦头，鞋带纽扣，味精调料，汤勺筷子，一寸土地都不愿放过，篦子一般的细心。后来，母亲居然像吸尘器一样，从抽屉、箱底、书本和一个个犄角旮旯里，找见了无数的照片，大大小小，形状各异，色彩斑斓地堆在了床上。母亲说，别动，都别动，我自己来整理。

每捡出一张，她都要眯着老花眼，仔细回味一番，然后用一张棉花纸包裹起来，叠得四方四正，挨个儿捋顺、压平。单独一个新纸箱，照片们规规矩矩地躺进去，互不摩擦，不掉色，不起皱，仿佛一座古寺里珍藏了千年的贝叶经。差不多用了一个昼夜吧，母亲终于将所有的照片安顿妥了，才合上箱盖，用透明胶带封好了，停在家里。——这一箱照片鼓囊囊的，几乎胀破了箱盖，流溢出来。那一刻，胶带纸也在暗中缄默怠工，丝丝拉拉直响，只是谁也没能听出这一种危险。这下，母亲踏实了，准备拔寨走人。

父亲却道，怎么搬呀？谁来搬？

气话。街上早就停满了搬家公司的大卡车，蚂蚁公司、喜乔迁公司、新三力公司，大多是市里最有名的搬家企业。父亲问，搬一次家多少钱呀？妹妹道，整车搬运，一个来回三百块，工人们技巧娴熟，训练有素，绝不会磕磕碰碰的，速度还快。父亲说，咱家需要几个来回？妹妹回说，就这点儿破烂东西，一趟就够了，还富余，人家是集装箱的大卡车。父亲阴下了脸，赌气说，太贵了，我的钱又不是用弹弓叉子从树上打下来的，太宰人了。父亲还说，咱们自己搬吧，你的丰田威驰里天天塞一点点，蚂蚁啃骨头，花不了几天的。妹妹快哭了，执意不肯。父亲灿烂地说，哦，那我雇一辆三轮车来，我自己能行，我来搬。

奈何不了，妹妹遂派了公司的一辆微型皮卡车，外加四五个职员，整装待命。清一色的小伙子，身穿制服，别着公司的徽章，戴着金丝边眼镜，斯文，干净，嘴甜，一见面就喊叔叔阿姨。父亲乐了，一一询问完名字，又召开了一个临时会议，像老政委一样，告诉他们先搬哪一个，后搬哪一个，小心轻放，别太劳累啦。母亲去了一趟商店，买了一大箱冰镇饮料，果粒橙，绿茶，红牛，脉动，另有一盒巧克力，随时能够补充动力。这时，父亲忽然想起了什么，打开一个包袱，摸出了一条软中华（八成是妹妹的）。父亲那时戒了烟，撕开后，一人塞一盒烟，还谦逊地说，不知好不好，你们凑合着抽吧，解解乏。

叶家终于开始行动了，街坊们闻讯后蹒跚而来，跟母亲问长道短，有没有可以帮的，就这么走了呀，再待几天吧。父亲蹲在楼下的阴影里，仿佛片场的老导演，看着小伙子们奔上蹿下，从六楼陆续搬下了他一生的家当，心里逐一清点，计算无误。——来兰州快五十年了,娶妻,生子,供养这个家庭,个中的难心和坎坷难与人说,始终不发一语。但在那个夏日的午后,我猜,已迈入耄耋之年的父亲,一定没有糊涂。

下班后,我也成了一只蚂蚁,加入了搬家小分队。

微型皮卡装不了多少货,车斗浅,箱板低,一次只能带几件行李和纸箱。跑了两个来回后,适逢饭口,车子刚进一只船街口,就被父亲拦了下来。走,走走,快进餐厅去,吹吹空调,把肚子填饱了再搬,不急。我私下里问妹妹,这几个小伙子什么的干活?一个个腰来腿不来的,下了这边的六楼,上那边的三楼,竟然喘个不停。妹妹白眼说,你当他们是搬家工啊,人家都是坐办公室的,白领。我金刚怒目道,吃个牛肉面或者刀削面就成了吧,难道非得大餐伺候呀,这不是豆腐搅成了肉价钱吗?早知如此,搬家公司最便利了,一次性搞定,还不需贿赂。妹妹也恼了,嗔怪道,你以为都像你们小记者一样,走哪儿吃哪儿,吃了不算,还拿人家的,你还有没有人情味呀?——我哑了,埋在餐桌边,尽量掩饰着自己。心说,妹子呀,从购房、装修、搬家这一条流水线上,你才华卓著,功比日月,愚兄自知理亏,这厢有礼了。该顿饭,愚兄买单,给你捧个人场吧。

妹妹捧着一本豪华菜谱,哪张相片好看,就点了哪个菜,六荤六素,一半凉,一半热,端的是宴席的标准。父亲乐呵呵地问,喝不喝酒?你们喝一点儿吧,解解乏。见大家面面相觑,父亲又说,白的,还是啤的?对了,白酒伤肝,就喝一点点冻啤酒吧,还凉快。开席了,父亲又做了一回老政委,以茶代酒,代表叶氏一门隆重致谢，左搛菜，右斟酒，忙得像个古代的知客。一顿饭吃得山高水长，等众人走出餐厅后，几乎快忘了是来搬家的，还以为是做客的高朋呢。

现金买单，我数出了五张，没找零，也没要发票。

母亲站在台阶上，指挥着又装了一满车，被子、棉絮、衣物，还有脸盆、椅子和瓶瓶罐罐等。后来，母亲将一箱子照片挑出来，叮嘱道，一定搁在最上头，千万别给压着了。——圆鼓鼓的纸箱砌在车厢顶上，被绳子齐腰拦了几道，捆结实，安妥了。那一刻，日光沸腾，太阳底下并无新鲜，一切尚未露出破绽。

我坐在副驾驶位子上，心思浩渺，坐卧不宁。后排的小伙子们横七竖八地躺着，嘴里是周杰伦，又掐又闹，显见是酒精的作用，让他们在暑天变作了大螃蟹。司机刚开始还老成，现在则处于醉驾状态，一忽儿将车子开成了小舢板，一忽儿又熄了火搁在路上，站在树丛里扯裆撒尿，天开地阔，目中无人似的。我挂了电话，向单位告假，私下里将这一趟搬运任务大包大揽在了自己身上，信任感逐渐丧失。恰值中午，路上没多少车辆和行人，怕司机趴在方向盘上睡着，我递烟送茶，还指着窗外的风景说故事。

喏，这是省政府礼堂，70年代叫反修馆，啥玩意儿？

反对苏修，苏联修正主义政权。呵呵，那时候，你还没降生呢。

我又说，那里以前是个跳伞塔，空军天天在塔上练习，挺好看,天空中挂满了彩色的伞,像一堆堆大蘑菇。

司机的眼睛像中了毒,基本上开着盲车。

我再说,瞧,这是宁卧庄宾馆,省上的国宾馆。我上小学时,还戴着红领巾,穿着白衬衫蓝裤子,举着一把塑料花,在门口欢呼雀跃,迎接过柬埔寨的宾努亲王。对了,陪同宾努亲王的是叶剑英元帅,和我一家子,他也姓叶。

你也姓叶?

唉!我彻底死了心,一鼻子的灰,快被窗外岩浆般的日光晒化了。我不时偷觑着司机的动静,以便在紧要关头拨乱反正,救亡图存。司机的眼皮像一副赌场上洗动的扑克牌,随时都有出老千的情况,马虎不得。

——那时,兰州大学北侧的中心花坛尚未拆迁,所有车辆按逆时针方向运行。巨型花坛,垒成了一座宝塔形状,层层叠叠地砌满了花盆,花叶无精打采,蜜蜂和蝴蝶停在空气中,类如标本,仿佛那个年代特有的一种表情。拐弯时,微型皮卡竟然控制不住,斜刺里杀了过去。司机从梦里惊醒,慌忙拨转方向盘,手忙脚乱一番。车子兜了一个大大的圈子,弧形地绕过了花坛,刹车声响亮。响声停落后,车头端直冲向了天水路北端的黄河岸边,若离弦之箭,慢慢望见了目的地的大门。司机嘿嘿几下,得意非常,将软中华叼在嘴边,一半濡湿了,另一半像狼烟在告警。我居然充耳不闻。

那一刻,我错失良机,一直蒙冤至今,不得辩诬。我家的历史,被一只卑鄙的脚尖霍然改写了,擦掉了,从此石沉大海,杳无音信。——埃利蒂斯曾用诗歌诅咒过一只脚后跟。我亦是。我曾无数次地在梦里携一把板斧，闯进了牲口圈，砍下了一大堆小蹄子，连同它们脚下的油门。无奈，这纯属精神报复。

所以我一直思忖，那一辆微型皮卡在疾驰的过程中，一准儿发生了什么。在那座中心花坛附近，天光大亮，一定有一个蛮力之人，匿形、矫捷、迅疾跳上了车厢，撕开装满了照片的纸箱，天女散花，将我家的历史纷纷扬弃在了风中。前世无仇，今世无冤，这家伙究竟是谁？

奔驰中，我继续懵懂地给司机说着故事，轻浮，卖弄，嘴脸丑恶。但在那个晴明的午后，我却被另一只黑手给出卖了，浑然不察。事后，我反复揣度，一定有一个神秘的因果，横亘其中。

我抱着行李和纸箱，乐颠颠地奔上蹿下，快乐如工蚁。驾驶室中，一帮子年轻人四仰八叉，鼾声大作，睡在了楼下的阴凉里。我不会清点数字，也疏忽了那只装满历史的纸箱何去何从。我扛着一件件家当，竟觉得"家"是那样轻，那样不值一搬。犹如一枚锈钉子，本觉牢靠，却轻易地从墙上起了出来。

——如此往返了几次，父母在一只船老街上的"家"，终于搬空了。父亲和母亲退在门端外，趴在门框上张看，呀，四壁发黑，光线不足，地砖剥落，呈现出一副副丑态。他们始终哑默不语，在对方的脸上寻求着鼓励和信心，小心落脚，手抚空气，又仔细视察了一遍。空了，这下好歹搬空了，父亲道。母亲却说，别落下什么吧，我老觉得还落下了个什么。父亲笑嘻嘻说，魂儿，落下了，那也拾不回来喽。父亲从裤兜里掏出链子，认真地卸下了一枚钥匙，交还给动迁人员。母亲像往日里出门似的，关紧了水龙头，闭上了窗户，插上插销。防盗门"哐当"一声碰上的刹那，我看见母亲的肩胛一搐，受了惊似的。

这时，我母亲搂着她一生中最重要的财富——孙子，挥别了街坊们，阴下脸，钻进了妹妹的丰田车里。我儿子贴着玻璃，唤我上车，但我拒绝了。

傍晚时，我走到楼下，将挂在墙上的塑料信箱检查了一番，空无一物。沐浴着夕光，我站在废墟上，最后一次等邮递员的到来，他却爽约了。我猜想，此刻世上的朋友们一准儿知道了这件事，与我感同身受，心若铅坠。哦，他们一定在静候我更改新址，重填邮码，跟我再次联袂江湖，大地漫步，纵酒作诗。一念中，我竟然情不自禁，心思潸然，不觉泪下。我在心里，冲着一只船街上的"家"弯下了腰，深鞠一躬，有一种悼念的感觉。

我知道，这是一个秘密的仪式，代表家人，代表了藏在暗处的斑驳光阴。

母亲像住店一样，极不习惯。

她在这里摸摸，那里瞧瞧，这个门进去，那个门里转转，终于认出了橱柜、壁柜、玄关、几只遥控器、各式开关、钥匙、楼层和大小门，渐渐有了方向感。适应下来后，母亲又像个老练的鼹鼠似的，打开了所有的纸箱和包袱皮，忙着将她积攒下的破东烂西各归各位，藏在不同的旯旮里，还在心里画了一张藏宝图，秘不示人。母亲坐在新沙发上，像走亲戚串门子，一不敢动，二不敢躺，身体绷成了一张弓，眼神无助。当时，我儿子还小，调皮捣蛋惯了，是个上房揭瓦、大闹天宫的主儿。我母亲见他又开始胡作非为起来，便气恼地追撵上去，将巴掌落在了小屁股上。孙子摊在地板上哭，奶奶也在一旁抹眼泪，下话说，小先人，这不是爷爷奶奶的屋，是你姑姑买的，哭不得哟。孙子嚷嚷说，我要回家去，我不在这个破地方玩了，囡囡不在，虎子不在，尕北娃也不在。奶奶劝慰道，我要能回去，我早回去了，用不着你号丧哇。一时间，母亲的脸淹在泪中，可怜兮兮地说，难民，不是逃难的难，难心的难哟。

入住的第一天晚上，父亲锁闭了几扇门，但总听见楼梯间有人在走动，在叩门，在悄语。母亲搂着孙子酣睡，家中再无旁人。父亲心生忐忑，攥着一把改锥，时刻提防着不测，怕外人侵入（周围有很多正装修的人家，雇来的民工形容可疑吧）。天亮后，妹妹来取落下的包，一打开门，见父亲已穿戴整齐，正趴在窗户上发愣。妹妹问，你做什么呢？父亲抬抬腕子，指着手表说，唉，这里天太迟，都六点半了，连太阳都没照起来，路上连个打牛奶、卖露水蔬菜、做操跑步的声音都没有，空荒荒的，不踏实。

几天后，父亲的注意力转移了，他的花草一病不起。

父亲内向，一辈子同事多、朋友少，均鲜有私交。年轻时，父亲稍稍喝点儿酒，怕贵，干脆给戒了。也曾抽过一段时间的烟，特劣，一两块一包，气味腥辣。有一次我在家里蹭饭，左手刚搁下饭碗，右手便点了支烟，吞云吐雾起来。父亲剜了我一眼，我还振振有词地说，饭后一支烟，赛过活神仙。父亲不语，将自己的烟和火柴盒捏扁了，站在阳台上，愤怒地扔了下去。父亲声称，今天起，我彻底戒烟了。父亲是老共产党员，"文革"中的苦辛都熬过来了，遑论戒烟。这次，父亲想给我做一回榜样，硬挺着。烟瘾犯了后，吃过大豆，嚼过花生米，含过糖块，终究戒烟成功了，却养成了吃糖的毛病，幸无大碍，随他欢喜。退休后，父亲不爱下楼遛弯儿，不喜串门逛街，更瞧不起一群老头儿半夜三更地围在路灯下，为一盘象棋争得面红耳赤、脏话四溅。父亲成天闷在家里，有两个业余爱好，一是读书，二是看电视。

每晚七点，家里的荧屏绝对固定在央视一套，他是《新闻联播》的铁杆粉丝，即便孙子疯闹，要看动画片什么的，他也决不让步，死忠到底。片头曲播放前，妹妹总要揶揄道，你今天要接见谁呀？父亲很笃定地说，今天该罗京和邢质斌了吧，或者说，今天轮到李瑞英和康辉了。一猜中，他便呵呵一乐，环视家里一遭，像检阅着他的人民和疆土一般。看新闻时，父亲笑眯眯的，耳听八方，心忧天下，嘴里还夹杂着解说，瞧，主席咋咋咋的，会议太多，鬓角的白发都生出来了嘛。又说，总理今天又忙，脸色咋咋咋的，该交代下去，别亲力亲为喽。先国内，后国际，父亲对外最关注平壤、东京和白宫的消息了，看有没有对咱们不利的新闻，无则喜，一有风吹草动，他就急得直搓手指头，狂喝茶，频上卫生间。约莫半小时后，遂偃旗息鼓，他干脆忘了这一茬。

美国大选时，我站在麦凯恩一边。父亲指着屏幕上狂说的奥巴马，直脱脱地道，嘻，这小伙子像个领导干部，口才好，能说。我反驳道，选总统，不是选你们单位的科长呀主任呀，再说，你听不懂英语，你知道小伙子在讲什么？父亲勃然大怒，总统没有领导干部的样儿，还叫啥总统，你太幼稚，你真该学学。后来的结果大家都明白，父亲也没寒碜过我一句，仿佛奥巴马是他远房的一个侄儿。另一回，父亲神秘地问我，咋好长时间听不到南斯拉夫的情况了，铁托走了，谁在南共当一把手？我回说，早散摊子了，分成了好几家，谁也不尿谁，还内战了。父亲又问，阿尔巴尼亚呢，地拉那呢，那可是欧洲的一盏社会主义的明灯啊。他的问题层出不穷，比如西哈努克亲王，比如齐奥塞斯库，比如菲德尔·卡斯特罗，比如金正日，等等。

父亲爱读书看报，一得了空，就盘腿坐在亮处，戴上老花镜，逐字逐行地一读到底。家里订了本地的许多报，读完了不许扔，整理好边角，捆扎停当，他要亲自卖进收购站，换来块儿八毛的，才觉得妥帖。书也不精致，口粗，经常是我买的一些传记类的、历史类、养生类的，摸到啥读啥。偶尔，我还捎过去一些文学杂志，不知他老人家批阅过没有，但统统不卖，齐整整地站在书架上，陪他过夜。其实，这些都稀松平常，多见不怪。但现在，我要说说父亲的一个惊人禀赋。——或许，他是兰州城里最后一位会查四角号码字典的人。

他有两样阅读工具，一只老花镜，一本破旧的四角号码字典。字典跟随了他多年，没皮没脸，只剩下瓢子，乱七八糟地贴满了狗皮膏药。既看不出版本，也查不出出版年代，总之很旧了。我们兄妹在求学时，一般使用拼音或偏旁部首的方式，但父亲很不屑，觉得太费事。一遇到生僻字，父亲便像麻眼的算命先生，微合上眼皮，在指头上掐一下，果断地报出数字。按这四个数字去翻字典，那个字果真就藏在里头，准确无误。——我猜想，后来的五笔字型输入法，或许是受了四角号码查字方式的启发，才得享盛名，风靡一时的。父亲掐字时的神态，仿佛老僧入定一般，使我佩服连连。但我一直规避它，始终不肯去学，甚至有点儿鄙夷。但这并不妨碍我将他的这一绝技，写在了一篇《所有的上帝长羽毛》的小说中，对他发自肺腑地赞美一番。

蹊跷的是，父亲从来不读我的文章。诗歌自不必说，离他隔得太远，但一些散文和小说，他也尽力回避，一问三不知。每回，我将一些样刊送给他，私下里巴望着他会夸奖几句，但父亲迅速插在书架上，归档了事。那层架子，是专为我的作品设置的，未经允许，家人不得擅动。——这点儿隐秘的曲折，后来被我发现了，此乃别话。

扔下书本，关掉电视，父亲的唯一嗜好是养花草。花草极其普通，臭绣球、仙人掌、文竹、吊兰、海棠、夹竹桃、月季等。妹妹送过几盆君子兰，挺名贵的，还教导说周总理最爱此花了。

父亲喜兴了一阵子，喂啤酒，灌营养粉，浇淘米水，天天松土，时时侍弄，统统给养死了。父亲道，还是普通的好，命贱，跟人合拍，绿得自然，和我一个档次。在一只船街上时，父亲的花草占据了大半个阳台，他移栽过许多盆，给楼上楼下的邻居们送遍了。送去的花，后来都被扔进了垃圾洞，害得我挨个儿上门去求饶，又是笑脸，又是作揖，哀求说你们多费心一点儿，要扔的话，就扔远一些，别让老爷子给瞧见，伤了心。

现在，半屋子的花草病了，父亲只得先做个表率，迅速适应这处新居。

见父亲圪蹴在地板上，铺开摊子，一门心思地开展抢救运动。母亲顿时安静了下来，长长地出了一口气。母亲系上围裙，在明亮的厨房里，擀了一顿长面，蒸了一次馒头，即刻熟门熟路起来。那个下午，母亲将自己像鼹鼠一般藏下的包袱里零碎取出来，开始悉心整理。衣归衣，鞋归鞋，裤归裤，被褥毛毯各自分开，存放在不同的柜子里。料理完毕后，母亲坐在沙发盯着天花板，开始翻起了白眼。

母亲念叨说，差一样，绝对差一样东西，死脑子，硬是想不起来。

魂儿丢了，丢一只船了。父亲道。

那一段，妹妹在电话里商量说，该暖暖房了，给二老一些喜气，叫他们高兴起来才是。否则两张皮，看着就难受，他们就像住宾馆一样，战战兢兢的。结论出来了，我喊一帮朋友，加上妹妹的一帮朋友，在家里开宴，美美地闹一通。我通知了母亲。母亲说，好哇好哇，你带个照相机来，都拍下来，留个纪念。念想至此，母亲忽然惊叫了一声，凄惨地说：

丢了，全丢了。

我愣怔，丢了啥？

一家子人的照片，搬家时全丢光了，哦，老天爷。——声音越发凄切。

嗐，人在就行，照片没什么嘛。

母亲断喝道，你嘴上别奸臣！

——夏末的黄昏，一家人颓坐着，像坐入了冰箱里，冷然，眼生荆棘，漠漠无助，连空气里都布满了一种默哀的情绪。我儿子个人主义严重，不停耍戏着，摸摸这个的头，揪揪那个的脸，一点儿没有加入进来的意思。一纸箱照片丢了，此刻在母亲的眼中，比丢了孙子还难过，背转了身子，偷偷地抹眼泪。我本觉得小事一桩，芝麻大，但被父母的情绪笼罩后，渐渐滋生出了一种罪孽感。我将那个午后的运输路线细细捋了一遍，终于敲定了其中的那一趟醉驾。没错，在中心花坛，一次危险的急刹车。登时，我的脑海里纷纷扬扬起来，不是被刮散的照片，不是暗沉的云，亦不是崩塌的天空，而是这个小小的家庭日积月累的历史，遭到了猛然一击，变成了齑粉，扬弃在风中。

我开始哄母亲，说笑话，扮鬼脸，跟儿子一起逗她。但母亲的脸阴霾四布，很吓人。父亲也坐在一堆泥土和花草里唉声叹气，加重了危机，像一个共谋者。一连几天，这个家失了三魂、丢了七魄，怏怏的，冰锅冷灶，茶饭不思。我给母亲宽心，说等秋天到来后,黄河岸边层林尽染,风景绝美,多给你补拍一些吧。母亲懈怠地说,唉,我以前的样子都没有了,补拍什么,能补拍出我扎大辫子的那时候吗?我玩笑说,那给你借一套假发吧,麻花辫。母亲郁闷地说,没了照片,我还怎么给你儿子讲家史、说过去呢,口说无凭嘛。我苦笑一番,又去给父亲游说。父亲默然,合上眼睛,掐着指头问,丢了几天了,有一周吗?我回说,差不多吧。父亲忽然睁开眼,灿烂地说:凡拾到交还者,我重金奖励。

母亲也精神起来,搭话道,对对对,反正到了别人手里,也是废纸一箱嘛。出钱出钱,买回来总可以吧?

——没辙儿,得需要我去跑腿,大海捞针了。我给交广台的头儿送了烟,哥儿们拍着腔子说,老爷子的事免单,连播三天,一小时一滚动。果真,我坐在出租车上,司机们锁定的频率里,男女主持人磨破了嘴皮子,详解了这一箱照片对一个小家庭的深远意义,同时播报了台里专设的招领号码。一个司机说,八成是贪官的,箱子里有受贿的钱,要不不会这样子,跟着了火似的,烦死了。我恶向胆边生,摔门下车。更多的司机则充满了人性,嘀咕道,要是成捆的人民币,绝对早丢了,一箱子照片嘛,谁要呀,还不是垃圾嘛。——那一刻,他们并不明白,身边坐着的这位,就是可怜巴巴的苦主,正一筹莫展。

兵分几路,我草拟出一份寻物启事,打印了一大摞,带着几个死党出发了。我暗忖,自己一介书生,手无缚鸡之力,怀才不遇,报国无门,但在这桩事上我要隆重捐躯,肝脑涂地也在所不辞。我用了一点点文采,语气恳切,言简意赅,将事情的来龙去脉简述了一番。我写下手机号,标明了奖金额度,黑体字,四开,像一份精致的非法印刷品。那一瞬,我浑身的血都滚沸了,像站在易水之畔的荆轲,大有身赴虎穴、引颈就戮的苍凉和慷慨。

午夜时,中心花坛附近夜幕沉沉,人烟渐稀,恰是"作案"的大好机会。前后左右有人把守望风,我拎着排笔刷子,抹上一层层胶水,将一张张启事贴在了电线杆、阅报栏、公交站台、广告牌、邮筒和每家商店门前。我和兄弟们绕了一大圈,越干越趁手,越贴越来劲,将中心花坛附近挨个儿涂遍了。我拍了拍脏手,掌声响亮,自觉胜券在握。

——想象中,翌日清晨,等所有的路人睁开惺忪的眼睛,踏进中心花坛附近时,他们会"哇"地惊喊一声,人头攒动,拢过去,像阅读一则重大新闻一样,替失主担心,为这个不知名的小家庭捏一把汗,祈祷连连。

皇天不负,第二天上午,一个兄弟短信密告,他在上班的路上瞧见,所有的寻物启事,都被环卫工人用铁皮铲剔干净了。你买的特制胶水不错,很难刮下来啊,像牛皮癣。他讽刺完,又警告说,小心停你的手机,城管和工商执法部门正在追查非法广告呢。要不,你先去自首吧?

于是,消息树孤立寒秋,枯叶飘零,仿佛第一场寒风,提前吹掠而过。

我没去自首,手机也健在。听人讲,市内的城隍庙每逢双休日,都会有大批的小商小贩兜售各种旧物,琳琅满目,花色繁多,去去那儿吧,兴许会撞上大运。我被点化了,大有醍醐灌顶之感。我去过北京的潘家园,见识过那种嘈杂的场面。——旧货市场,不就是历史的大扫帚一挥动,将旧日子扫进了尴尬的一隅,蒙尘之所嘛。在这个意义上,旧货市场其实也是一座教堂,静候着一些觉悟者去忏悔、去革面、去洗心,继而莞尔一笑,接续前生。我迷信起来,虽千万人吾往矣。

好歹熬到了一个淫雨霏霏的假日,我揣上一沓现金,带着证件,钻进了那一条隐蔽的战线。城隍庙里灰尘扑面,雨燕穿梭,大大小小不同质地和造型的观音像站满了走廊,戏剧脸谱和傩面具挂满长廊,刀枪剑戟、斧钺钩叉列队待命,市声沸腾,切口四起,令人恍惚来到了清末年间的某一天。我绕过玉石摊、旧币摊、唐卡展示、宗教法器、文房四宝、葫芦微雕、刘牡丹、骆驼王、老虎陈、马公鸡和金鱼欧阳,来到了后庭。——果然,旧书刊、旧报纸、老照片、老明信片、家书、废旧档案、袖章、帽徽、残存的大字报、"仅供批评之用"的内部材料、歌谣集、古诗词和各类经书铺天盖地,码满了门廊走道。那一瞬,我像进入了一座颓废的后花园,笃信我家的那一箱子照片,一定龟缩在某处,等我召唤。

我问遍了每一个摊位,递烟,赔笑。我虚心说,约莫一周前,家里的一箱子照片不慎遗失。摊主们口径一致,急乎乎地问,啥年代的?祖上几辈子的?卖多少个元?他们的失望疾速而果决,且面含愠怒,一派不屑的歹徒样。我说,我是来求购的,将家里的照片赎回去。我还比画说,那是一只新纸箱,这么高,如此宽,大概有数百张吧,每一张都裹上了一层棉花纸。我坦承,最早的一张应该在20世纪50年代末60年代初,黑白照。那时,我父亲刚刚落脚在此,右上角有一行白字:大光明照相馆。其余大部分,都是20世纪七八十年代以来拍的,彩色居多,等等。摊主们纷纷蹙起鼻子,掷下意见说,不是大人物的,年成也不够,像那样的玩意儿一般不收,卖不了几个小钱。

年成不够?

唉,紫禁城里的那一把龙椅够年成了,你带着脑袋去试试。

玩意儿?

对啦,如果我跟上帝说话,那叫祈祷;如果上帝跟我说话,那一定是本人精神分裂了。我赶忙踅开了,心里纠结,悻悻然。

我像一条走上了岸的鱼,嗅着空气中的水汽,茫然四顾。幸好,一位慈悲的大妈喊我过去,请我留下联系方式,私语道,我给你打望着,一旦有人来这里卖照片,你那种纸箱的,我第一个给你报警。我感恩戴德,说了不少的恭敬话。末了,大妈还说,我这里有个好东西,小老板,便宜点儿卖给你吧。什么东西?大妈嘿嘿嘿地一乐,回说,林少保的字,前些天永登的一个农民卖给我的。他祖上出过进士,林少保去新疆路过永登时,在他家蹭过饭,留下了这幅墨宝,快传了十辈子了。我纳闷道,这林少保,人是干吗的?大妈在我额头上杵了一指头,恨铁不成钢地说,还戴个眼镜,平光的吧?林则徐呀,民族大英雄,虎门销烟的那个,当年蒙冤给发配新疆去了。说着话,大妈摸出了一幅卷轴，款款打开。我一见那两行雷霆之言，顿觉自己小题大做，挺没名堂的：

　　苟利国家生死以，
　　岂因祸福避趋之。

　　人多眼杂，大妈只亮了一刹那，就赶忙卷起来，塞进一个布袋里。八百，她伸出了指头，别还价。我嘻嘻然地说，太贵了，二百。大妈又道，你小子太狠，拦腰砍我一半，我让到四百算数。我答，取中间数吧。大妈青蛙似的抽了抽，三百就三百，可别告诉别人是这个数哟，赔死了。——我再三叮嘱她，请她替我瞭望着，一有线索立时通知我。我又说，把林少保先供在你这儿，我去别处转转，回头来取吧。

　　我混进人群中，头也不回，离开了城隍庙。雨更大了，带着瑟瑟秋寒。——这雨曾经浇透过林大人，现在也将我彻底浇透，现金付讫，一拍两散。

　　于是，只剩下唯一的希望了。

　　我带着几个朋友，去中心花坛附近仔细摸排了一遍，查找出三四家废品收购站。其中一家除了收购过期的杂志外，还收冬虫夏草和高档烟酒。像照片之类的，一概不纳。另一家倒是开源广泛，门类齐全，恐怕业务太好的缘故，收购的东西周转快，当夜就被运走了，看来没戏。后来，终于打听到了一家规模超大的站点，老板娘很客气，指着露天货场说：随便去翻，翻着了你们拿走吧。

货场凌乱，满目疮痍，几座垃圾山臭气熏天，苍蝇和蚊子结成团，扑面袭来。分了工，几个朋友各自查找一摊，我负责碎玻璃和烂骨头那一块儿。白云如带，有鸟飞过，我们则像几条暗无天日的蛆虫，往地球深处拱去。

似乎，全世界打碎的玻璃都集中在这里了，碴口狰狞，光芒闪烁。玻璃山上夹杂了不少的纸箱子，若隐若现，哪一个都像我家丢失的。借了一把锹，我试图涉险登高，没走上几步，就被滑了下来，险些栽倒在荆棘丛中。无奈，我只得朝觊似的围着它转了几遭，一一排除了嫌疑，两手空空。我奇怪地发现，一块玻璃应该是透明的，再覆盖一块，也应该是透明的，但覆压上N块的话，它会呈现出一种幽蓝的黑暗，像此刻的我。——这个道理，赫拉巴尔没说，《过于喧嚣的孤独》里也没讲。

登顶骨头山后，我失足深陷，快被淹没了。

骇然，恐惧，慌张，越想拔脚开溜，却陷得越深。——脚下是各种动物的尸骨，稀奇古怪，构造各异。我猜想，它们都是从城里的每一个餐厅逃亡至此的，从每一个食客的牙齿间幸免于难的。它们是真正的骨肉分离，生前的恩仇与爱恨均已消泯，像一个个活泼生命的现场证供，被随便委弃于此，无人问津。好了，我也是肇事者之一。我能认出牛腿的棒子骨、羊的拐骨和肋排骨，也瞧见了猪的头骨和骡马的脊椎骨。日曝风吹，它们像劣质的石膏铸制的，在我的脚下嘎嘣一声，化成了粉末。在高高的骨头山上，的确掩埋着不少的破纸箱子，东倒西歪，龇牙咧嘴。或许，其中一只正是我放逐的？

我扔了铁锹，喊来同伴，就此罢手。

入了秋，父母天天送完孙子上学后，便开始"写照片"。

家里没一支钢笔，父亲收集了孙子剩下的铅笔头，削尖，积攒下十几根。没信纸，用的还是孙子浪费的作业本，将空白页裁切好，装订成册。舍不得开灯，老两口吃完早饭，就坐在阳台口落地的玻璃窗前，趴在茶几上，进入状态。一般情形下，母亲负责口述，父亲再加以补充，待口头完善后，父亲在脑子里转换成书面语，落实在纸上。母亲要比父亲小十多岁，记忆力好，口述的细节也生动。但父亲比较老到，在母亲尽情回忆的基础上，尽可能地剔除掉一些枝枝蔓蔓的元素，始终铆定在"照片"这一主题上，深究不辍。——这些情景，大多是我想象的，我深信不疑。

可以说，父母起草的乃是一本家庭性质的"照片简史"。

这一切，都是在秘密的状态下进行的，不为人知。每天写到十一点多钟，母亲系上围裙，钻进厨房，边做午饭，边大声呼应着埋头写字的父亲，就某一个细节热烈讨论一番。等母亲再从学校里接回孙子时，父亲收好纸笔，已将茶几擦得干干净净，摆好了饭菜，一切都滴水不漏。即便偶尔灵感突发，母亲的眼神会及时制止，父亲也会用一声咳嗽叫停对方。但父亲有时怕忘了，又用铅笔在纸角写一两个关键词，备忘。我儿子灵慧，经常问，爷爷你写的什么呀，做啥功课呢？答案当然无解。伺候完孙子,午睡一会儿,等孙子起床去上下午课时,老两口又腾开茶几,铺好纸笔,开始了工作。——《潜伏》热映时,余则成和翠萍一到深夜,拿出纸笔接收电报的情形,像极了他们老两口的状态。难怪,我母亲一看到这里时,往往情不自禁地哈哈大笑,白发摇曳,像闪光灯一样暴露了当初的内心。

入住的小区开阔静谧,游廊和曲径极具艺术品位,时时弥漫着一丝古筝和江南丝竹的背景音乐,沁人心脾。绿化也好,栽种了不少的名贵花木,又是天高气爽的秋季,树影婆娑,飞鸟啁啾。但酷爱花草的父亲对此无动于衷,懒得多瞥一眼,只沉浸在写字当中。怪了,父亲养的那一大堆庸花俗草,却在主人的荒疏中焕发了新的活力,似乎偏要活给他瞧瞧,枝叶蔓延在地板上,乌泱泱的。其实,我明白个中的缘由,花通人心,草接人气。它们似乎是父亲的一幅写真,一直横亘在晚秋中,接续冬去春来。

我要出一个漫长的远差,特地回去一趟。一为告别,二来给父母当月的赡养。在楼下按了门铃,始终无人应门,料想他们散步未归吧。等了许久,一毛躁就给妹妹挂去电话,不会出事儿吧,万一?妹妹唠叨说,特怪,最近一直这样,神秘兮兮的,不懂发生了什么。难道,难道他们吵架了,谁也不理谁?妹妹想得更糟,语带不祥,话里一片荒凉景象。不会闹离婚吧?前几天,我一个同学的父母就离了,七十五,八十一,加起来都一个半世纪啦,儿女们都臊死了。妹妹说,你等着,我马上杀到。

上了楼,妹妹掏出钥匙,利索地开了门。

父母头碰头,正在茶几上描画,一见子女闯进来,像弹簧一般迅速跳开了。父亲忙将本子一卷,塞进袖筒里。母亲讶异地说,咋了,你们咋回来了?——话虽如此,却面呈赤红,举止僵硬,掩不住内心的窘迫。原来,门铃的电池耗光了,难怪没听见。妹妹狐疑地说,咋回事,你们夫妻识字呢?母亲喜兴地回答,没哟,八十岁学唢呐——有心无力,我们在记个小账,怕忘了。父亲顿显客气,忙着招呼说,坐,坐下,喝茶吗?抽烟吗?父亲的指节上有一块块黑斑,明显是铅笔头留下的,袖子也很臃肿。怕被追问,父亲佯装去卫生间,转瞬之间,袖筒里空了,便故意挥臂,加大了手势,表明自己的清白。我说,楼下空气好,老头儿们在下象棋,听秦腔,做甩手操,打太极拳,你们也透透气去,别给憋坏了。父亲鄙夷地说,那有个啥意思嘛,浪费时间。我说,最近没看赵忠祥的动物节目吗,我出差时,给你买一堆动物节目的光盘来,让你解解馋吧。父亲慨然道,别花冤枉钱,世上的动物,我基本上都了如指掌了。——口气自负,且有禅意。

我猜度,家里一定有一个秘密在运转不息,离我咫尺之距,但我此刻无缘得见。后来,当我窥破了这个秘密后,作为被书写的一份子,作为这个细胞一样的小家庭"照片简史"中的一员,我唯一所做的就是缄默不语,让这个秘密继续下去。苏珊·桑塔格也说过:"所有照片都是死亡的象征。摄影就是参与另一个人(或物)的必死性、脆弱性、可变性。所有照片恰恰都是通过切下这一刻并把它冻结,来见证时间的无情流逝。"(《论摄影》)——好了,我的眼前春风拂动,出现了这样的一幕:在深秋或初冬一个个晦暝难分的日子里,父母趴在茶几上,用踉跄的笔触、间歇性的记忆,在努力挽回过去。他们试图将那些斑驳的日子,分解成一粒粒汉字,写在一个个偏旁部首中,慰藉自身和子女。在他们精心的呵护下,那些遗失已久的照片,在彼此温润的回忆中,一张张地苏醒,一帧帧地显影,一幅幅地放大。这是照片和双亲互相"解冻"的岁月。

那只长宽约一米,高七十公分,瓦楞纸打制的箱子,连同被"切下"的一个个瞬间,淹没在了长街上,随风而逝,不知所终。——这曾经带给了父母双重的悲剧:突然间,他们发觉自己被撂荒在了一处游移的断崖上,前半世的生命蓦然坍塌,沉入了无涯的黑暗中。慌乱、茫然、无助、心惊肉跳的一段过去后,他们试着站起来。一对老渔翁,用一张千疮百孔的网,撒向了湍急的水面。而在彼岸,子女们迎风泪下,引颈翘望,构成了他们的后半世。——这是一只船街上的生活,别了,断了,忘却了,若一只百宝箱,沉在幽冥之中。

谁说过,唯有旧日子,才能带给我们温暖?

我窥破这个秘密实属偶然。去年春节放大假,家里忽然来了一帮子远方的亲戚。我是长子,少不了款待堂哥表弟们,用他们的三拳两胜,锤炼我的胃袋。小区里爆竹声声,楼上楼下皆是猜拳行令声,我也不甘示弱,以一当十。很快,我就不胜酒力,被抬进了父母的卧室。

我可能昏睡了一个下午吧，梦也稀薄。傍晚醒来时，周身疼痛，便赖在床上，听客厅里鏖战正酣，沸反盈天。身上盖了很厚的棉被，加上暖气可人，又淡淡地浅睡着。却总觉得脑袋硌得慌，不舒服，像枕在了一根刚刚伐下的枯木上。我拾掇了几下，效果不佳，于是翻身起来，抱着枕头检查。

解开了几粒纽扣，掏出一只荞麦皮的枕芯，发现了一卷本子。

小时候，家里有几只木箱，刷着土红色的油漆，一直挂着锁。为了找好吃的，或者偷一毛钱几两粮票，我曾经摘过父亲裤兜上的钥匙，私下里打开过。我在箱底里发现过各种证书（党员证、工作证、户口簿、结婚证、获奖证书、粮本什么的），也发现过一包罂粟壳（我不识这种黑乎乎的草壳，但纸包上有父亲写的字。那时母亲经常发病，据说罂粟壳有抑制疼痛的疗效，且不上瘾），还发现过很多票证（工业券、肉票、鸡蛋票、副食券等）。后来，我摸出了一卷本子，是用猴皮筋捆扎的马粪纸。出于好奇，我在那个办学习班的下午，穷凶极恶地打开过，阅读过，失笑过。我记得，大多数是父亲写的誓词，和报纸上的口气一模一样，像一只鼓风机，口气挺大。但我还发现了父亲给组织上写的汇报材料，事关我母亲这一家的历史清白问题，涉及了我舅舅、舅母、姨娘、姨夫等。信的末尾，父亲恳请伟大光荣正确的单位组织，批准他的结婚申请，要求组织上盖一个红戳。

因为掌握了某些机密，那以后，我舅舅、姨娘来家里做客时，我开始用异样的眼光来审视他们。在我心中，那份秘密报告的底稿，祛除了长辈们头上的光环，让我的尊敬减了几分，多了一丝傲慢。但长辈们没瞧出端倪来，只夸赞说，这娃娃大了，眼睛长在头上了，嘴也奸臣了，给舅舅、姨娘连茶都懒得端哟。——此刻，从枕套里摸出的这一卷本子，裹在塑料袋里，令人一悚。

我没敢强行地打开，只是抱在怀里，心里始终猜度着，究竟会是什么。

门外响起脚步声，蹑手蹑脚的，一定是父亲。父亲悄然进来，替我换了一杯热茶，搁在旁边，又掖了掖被角，站在一侧，长吁短叹，似乎对我的醉态无可奈何。后来，他静静掩上门，又怕孙子孙女们吵闹我，遂反锁了门。我一骨碌坐起来，打开包裹，展纸阅读。

父亲眼睛花了，所以字写得很大。他的字呈圆形、团状，一辈子没舒展开过，却秀气、结实。一页纸写一张遗失的照片。右上角画一个铅笔框子，边缘是锯齿形的勾边，不很规整，毛毛糙糙的，但一眼能认出是照片。按这一页的内容，父亲会在铅笔框子里填画几个人。人只有轮廓，笔画不连贯，断断续续地勾出来，接完整。男左女右，右侧的脑袋上一般拴着两根辫子，仿佛我母亲年轻时。纸面右下角，偶尔会注明阿拉伯数字，标明拍摄的那一年。有几张竟然细致到了某月和某日，或晌午，或下午，等等。

父亲毫无艺术功底，对绘画一窍不通，但他的笔墨简洁明了，象征意味极浓。比如画到眉毛时，他使用两枚"⌒"，嘴巴是椭圆的"○"，眼睛是两粒"⊙"，耳朵则是左右各"3"，脖子乃圆锥形，细部有些许的阴影。——父亲的这种个性化"创作"，我猜，就是后来网络和短信盛行的特定表情符号的最初原型。父亲有了手机后，妹妹发给他的一些符号，他能准确地辨识出来，根本不用请教。捧着这一摞本子，我能读出来，父亲对自己的形象很会修饰，浓发，宽额，天庭饱满，地阁方圆。夹在左右中间的我，头上只竖着三根长毛，像摸了电门一般，经久不倒。

每一页的内容长短不一，稀稀落落地写在纸面左首，或叙述，或抒情，或说明，或写几个关键词，想是在留待思考，心里须斟酌。也有内容空白之页，但照片赫然画毕，人物也挤在铅笔框子里，等待命名。这些记载大多时间混乱，想起哪张写哪张，跳跃性很大，根本无线索可稽。我数了数，父母已经写就了四五十页，半本，似乎仍没有停手的意思，因为剩下的半本已安排了页码序号。

耳食着客厅里嘈杂的喧闹，我却安静下来，心脏像一只台灯悄然打开，照着这些模糊的文字和图画。粗略一翻，我基本考证出来，父亲在文中以"我、本人"自谓，用"舟"指称我，用"潮"代表妹妹，对母亲的称呼极为简单："她，他妈，她妈。"——他用这几个词，删繁就简，去芜存菁，将他经营了一生的家记录在案，白纸黑字，不容篡改。

我不觉泪下，掩面而泣。仅一墙之隔，我还能听见父亲和母亲待客的声音,他们细碎的脚步声,像纸面上这些苍茫的文字,余温未散,处处烁光。

首页:

舟百天,带儿去盘旋路东风照相馆照相。下小雨,人多,排长队。婴儿凳子太高,舟大哭。舟营养差,吃不上母乳,她害乳腺炎。……托熟人说好了,兰大牛奶场便宜,不兑水,早上五点去打,领导正瞌睡也不管。舟戴虎头帽,他大舅母送的。虎头鞋掉了,一只脚光着……

1966.5.24

某页:

免冠一寸,工作证丢了,回凉州探亲,开介绍信用。头发没来得及理,拥在脖颈子上,照片也累赘。

某页:

东方红广场,毛主席穿呢子大衣的石像下。左一,杜生平,退休后去新疆小姑娘家,说在昌吉,又说在库尔勒;左二,李发琛,小胡子,唐山人;中,李主任,嘴上叼烟,看着不利落,照相就照相嘛,还舍不得扔掉一下？右二，麻国保，回民，嗓子大，改革开放后开了一家牛肉面馆子，听说发了；右一，本人，嘴角上有一个燎泡，搭了紫药水，照片看不出来。

十一国庆，开完群众大会，单位上非要照，照了。

某页：

她哥来了，腿上有风湿，去医院看罢，留个纪念较好。她在家里做臊子面，煮卤肉，招待她哥，没赶上照一下。花一样的钱，人多寡其实不限。

某页：

娘娘的小姑娘出嫁，虽说远房的，倒该是亲戚，带她和舟去。排场大，海参鱿鱼都上了，还有宝塔肉啥的，搭了五块钱的礼。知客们有照相机，非要让照，就挨家挨户地照了。一个月后，娘娘小脚女人，硬是给送到家里来了，两张，一张好，一张洗坏了，也送来了。招待完娘娘，又用自行车把她驮回去了。实话说，照得不好，嘴里没咽完，就偷偷照了。人家的一片心嘛，意思到了。

某页：

腊月，二哥一直催，说回不了老家，就寄一张照片吧。带舟和她，去东口的红太阳。这个相馆好，背后有几个大幅画，有天安门，有万里长城，有海洋，有军舰啥的。挑来挑去，挑了一个有华表的，像一家人在柱子上靠着，自然些。彩色的，人工涂的色，嘴皮子发紫，是个小缺点。

女人都小眼，老眼热别人，她不甘心，又掏了私房钱，偷偷出去开了一张儿童票。说别人家的娃娃都坐小卧车照了，自己的娃娃也不能不照，惯下的毛病，当时一张儿童票七毛多呢。

舟也眼小，一直哭。放在小卧车的木头壳壳里了，又开始笑。

补：二哥让大侄儿来信，说照得好，人精神，衣服新，几家子的人轮换着看遍了，这下宽心了，挂在二哥墙上的镜框子里了。

某页：

裁下来的一张，旁边是啥人忘了，当时的事也忘了。

只抠出了我，抠得不太好，边子毛毛的，不整齐。

应该是单位上的合影。

某页：

　　黄河北的肺病医院，过春节的时候，我在水房里给她煮饺子。病房邻居照完了，说剩下了一些胶卷，顺便给我和她也照一张吧。太热心，我就坐在床边边上，她垫着枕头照的。

　　那一段时间太苦，可我黄连树下弹琵琶，苦中作乐，不相信会一辈子苦。

　　照得其实不好，她瘦得腮帮子也塌了，眼窝像个坑。煤油炉子爱冒烟，我脸上也是油灰，当时不知道，人家也不提醒，像个唱戏的丑角。人家送照片时，我过意不去，买了一提兜冬果梨和软儿梨，人家只象征性地拿了几个，太客气。

　　舟懂事后问过几遍，我没说照片上的事。

某页：

　　单位上组织，去雁滩公社帮农。想不到，当时觉得特别远的郊区农村现在被改造成了社区，圈进了城心心里。现在住的房子说不定当时是蔬菜地。

　　劳动完了，都坐在土坎坎上，吃馍馍喝开水。

公社的一个人跑过来照，每个人洗了一张，说感谢城里的老大哥们，每人洗了一张当纪念。当时刚发芽，树上有花椒叶，地上有苜蓿头和莲条，拌凉菜最好吃了。人多，没好意思摘。

我照得不好，脸偏了一下，人家就照了。唉。

某页：

单位上刚装了一条新式运输线，大干快上，马力翻了好几倍，都高兴，头头脑脑们全部站在机器前头照相留念。还放了鞭炮敲锣打鼓的。

人多，脸太小，谁也不认识谁，我在倒数第二排吧。

应该是第三排。

某页：

这张专门去照的，寄给了她哥，也给我二哥寄了，报个平安消息。

三四年了，她一直咳血，还心口疼，吃过中药西药，连拌了晒干的蜥蜴、蚂蚁和苔藓的偏方都使遍了，不见效。肺病医院说是肺结核，省人民医院也说是肺结核，最后花钱住进了陆军医院，检查结果更差，说是空洞性肺结核，意思是肺上有洞，8光片有黑影子。吃药治不好，只得动刀子。她哥一听就哭了，拦挡了几个月，她姐姐也来哭，怕开膛破肚，哪怕治好了也是个半残废。她比较坚决，说囫囵着害病，不如去割上一刀，老天开眼了，还能好起来养活娃娃们。我干着急没办法，万一那个了，给她娘家没个妥善交代。我当时想我的先人们没干过缺德害人的事，她家里也没有，老天爷不会耍戏我们的，老天爷肯定一直看着哩，谁好谁坏人家清楚。我签字时，我的手抖，像害了麻痹症。

车子推进了手术室，本来说四五个小时，结果花了一天。半路上韩大夫出来了一次，脸色难看，一直在打电话。韩大夫老陕（作者注：陕西人），说上几遍，我才能听明白意思。原来手术开始了，胸口都解剖（作者注：打开）开了，还拆下了两根肋条，结果一看不是肺结核，没有洞，是肺里头有几块石头，是肺结石。韩大夫问还动不动，动的话就要把半个肺叶切掉，将错就错，领导也是这个意见。我脑子糊涂了，赶紧和她哥她姐姐商量了一下，把人救活就行了，这是最高原则。

她哥站在厕所里哭，哭了一天。我不能哭，一哭就全乱了。

儿子也来了。舟刚考上兰州最好的中学——一中,争气,请了假坐公共汽车来的,书包里还背着早上的馍馍,心思重,一口没吃,坐在楼梯上打瞌睡,守了一下午。她要是下不来,这个家就毁了,儿子就成了没妈的娃娃。

下班前车子推出来了,人整个昏迷着,麻药还没有过去。我问韩大夫情况咋样。韩大夫说割掉了,就看这几天危险期的情况了。韩大夫手里抓着一个塑料袋,里头血丝呼啦的,对舟说这个就是"病",你妈身上的病。韩大夫把袋子扔进了垃圾桶,儿子吓得脸都白了。

谢天谢地,三个月后她终于歇缓过来了。人很虚,必(毕)竟半个肺没有了,走路都咳喘,胸口那里有一个坑,塌下去了。该过年了,一家子去照个相,把这一年的晦气冲一冲。人在,啥都好说,没什么大不了的。

附页:

功无枉费的。手术前一天,娘娘送来了三张工业券,加上平时积攒的凑够了。在单位开了介绍信,终于先提出了一辆"永久"车子,二八的,花了173块钱。车子上的油纸不敢撕,铃铛上也有油纸,舟也嚷嚷着跟我去,我就把他抱在车子上。一路推着去的,不敢骑怕骑脏了,韩大夫有意见不肯接收(受)。到了医院家属楼下,我让舟看着车子,上楼去给韩大夫讲,韩大夫很高兴,让我扛了上去,停在他家里的阳台上。韩大夫倒了一杯茶,我怕他嫌我是病人家属,身上有细菌,就告辞了。韩大夫给娃娃塞了一个苹果,看着红,吃着酸。

我给韩大夫讲,请他把手术做好,我感激不尽。韩大夫当场答应了,笑眯眯的,谁也没料到,一解剖开,原来不是这个病。

不过也行,割掉了病灶,到现在捡回来了快三十年的光阴,值当。以后再没见过那个韩大夫,应该休息了吧。

某页:

潮自小爱流鼻血,动不动就流,医院说是鼻孔里的毛细血管太细,脆弱,一动就挣破了。街坊给了一个偏方,说用白色的夹竹桃花砸成泥,敷在鼻孔里就可以了。问题是红夹竹桃好找,白的稀罕。打问了一圈,老陈说山底下有野生的,就带着娘儿俩去了,果真有,美美地拾了一网兜,碗大的花。碰上了小霍一家子来春游,顺便给照了一张。小霍有心人,隔几天送来了,给钱也不要,只喝了一杯不太好的茶叶。

偏方就是偏方，后来真正管用了，灵验得很。

某页：

　　录取通知书来了，一只船街上就两张，蛋蛋一张，舟一张。我和她开心死了，舟却不高兴。舟本来报的是吉林大学，分数够了，结果让师范大学给拿走了。师范大学有优先权，石油、农林、军队都有。这是叶家出的第一个大学生，不容易，硬拽上他们去照了相。

1984.7.14

某页：

　　姻缘都是天配的。在这件事情上我开通得很，新社会了，我完全支持自由恋爱。舟领来的这个姑娘不错，嘴甜，长得心疼，东北的铁岭人，唯一的缺点是皮肤略黑。大年初一，给了见面礼，她一百，我一百，做了一顿肉饭。潮去邻居家借了照相机，给家里人照了不少，数这一张最好看，都笑得好。

某页：

这张相照得不好，嘴撇得太劲大，歪嘴了。舟在铁路中专干得好端端的，衣服不要钱，帽子不要钱，坐火车免费，工资又高，刚毕业的娃娃，一个月拿八十二块，加上津贴过百了，快撵上我几十年的工龄了，还不知足。舟说手续办完了，办完了还告诉我个啥，先斩后奏。舟说调进了省政府，自己托人办的没花钱，鬼才相信他。

　　没熟人没靠山，省政府里头不好混，连骑自行车的都是个官员。人靠衣装，马靠鞍装，舟留长发，扎着橡皮筋，还穿花格子衬衣，领导也不来过问，当时担心死了。省政府是明朝的肃王府，门口是武警站岗，一般人靠不上去。那天我和她办事路过，儿子说在大红门前面照一张吧，他的一个同事就照了，样子难看，不如不照。

某页：

　　海南的开发很好，到处很光鲜，令人眼花缭乱。他们都在海水里游泳，也不知道危险，还是小心为妙。我看《动物世界》，有海水的地方就有鲨鱼，人是争不过鲨鱼的。我坐在凉伞下喝椰子汁，一抬头潮给我照了一张，样子不雅。潮打通了电话，让我和舟说话，舟问我吃海鲜了没有，我不敢吃，一吃皮肤就过敏就起泡,痒死了。

这一趟玩得好,还要去上海,就是太花钱了。潮的朋友把什么都安排了,五星级宾馆,波音大飞机,车接车送,欠了不少的人情债。要是坐火车就好了,便宜,还能看上一路的风景。死丫头,嘴奸臣,一直不肯答应。

三亚的海水好,蓝得发晕,我喝了两个椰子汁,不甜,味道怪怪的。

某页:

一只船风大,我站了一夜等儿子回来。天亮了舟骑着车子来了,我没追着问,我怕他嫌我重男轻女。我赶紧打了两个荷包蛋,馏了热花卷,看着他吃。儿子说生了,女的,我的心一下子就凉了,气背了。舟又改口说,是个儿子,带把把的,母子平安,他妈正照顾着哩。我的心一下实在了,落在了腔子里。媳妇从正月初四就喊肚子疼,送进了医院,我又不能去,只能干着急。我说了,生了孙子的话,我就唱秦腔,结果到现在也没有兑现。当时我掐了一下日历,属猴,农历正月初七,"人"的日子,竟然和我是同一天,老天爷赏给我的。

满月时儿女说去外面餐厅包几桌,邀请一些亲戚和同学贺一贺，我没有答应，我主张在家里办，人少，别招摇了，再说外边风大，冷空气到了，怕娃娃感冒。他们同意了，照了一大堆的相，这个房子照，那个房子照，娃娃睡着了，不知道都在折腾他。

唉，可惜这些相丢光了，罪过罪过。

某页：

这是我从医院回家后照的，鬼门关上走了一遭。那天是元月三号，外面下雪，她从楼下取来晚报。我靠在枕头上念报纸，发现了一篇舟的小文章，晚报让他们几个写诗的人总结一下过去的一年。舟说他在父亲住院的那天，去了中心血站，妹妹在里头排队，他偷偷出来，一个人在草坪上美美哭了一鼻子。他还说他要感谢那三个献血的人，不知道他们的名和姓，但他们身上的血救活了自己的父亲，他要给他们在晚报上鞠一躬。反正就这么个意思，记不清了。念着念着，我自己也哭了，我不知道儿子的心思这么重，我的病给他的压力太大了。没念完子女们全来了，硬搀着我下床，站在阳台上照了几张，说庆祝我出院康复。外边冷，窗户下面一只船全白了，我都不知道下了雪。

其实我没有啥毛病，半夜上厕所一不小心晕倒了,吐了一些血。结果害得他们大喊大叫地跑来了,又是叫救护车又是住院的,麻烦大家。输了血吸了氧我就醒过来了,可能是胃上有一些麻烦,可胃镜检查了,激光胃镜也做了,连个出血点都没发现。我的问题我知道,以后再不能吓他们了,也不花冤枉钱。

以后也不能再念儿子的文章了,万一写到我,我又是那个样子,害得他心情也不好,何苦呀。切记。
…………

我合上了那一卷本子,翻身下床,像一个窥破了天机的人,反倒满怀镇静,怆然一笑。我捧着它,不忍读下去,却心若明镜,知道自己混迹其间的那一幕幕前尘往事,业已失而复得,在父亲和母亲的记载中,重还人间,绚烂盛开。我用额头贴了贴它,像一个教徒礼拜经书。我款款放进塑料袋子里,捆扎好,又悄悄送进了枕套里,恢复原样。

——是的,我想让这个秘密继续下去,请二老在他们人生的黄昏,靠着一帧帧照片带来的记忆与温暖,赐予我一些勇气和信念。

门外有咳嗽声,父亲推门进来,诧异道:"醒了?"

我应道,醒了。

你再别喝酒了,你刚才喝醉,我一直揪心你。

我打岔说,亲戚们都在,凑齐了不容易,我给大家拍一张全家福吧。——父亲愣怔一下,忽然顿了顿下巴,首肯了。又羞赧地请求道：你先等等，我换一件衣服，把头发梳一下。

今年春节，拍完全家福后，大家围坐在一起，边吃团圆饭，边说说笑笑地等待春晚开始。父亲停箸不食，一直若有所思。忽然，父亲拽了拽我的袖子，轻声说，麻烦你再给我照一张个人的，特写，特写最好了，光照头像的那种。我奉旨拍摄，见他在镜头里精神矍铄，一点儿也不像个快八十的老人了。拍完后，又调出来给他一格一格地欣赏。

暗中，父亲抓住我的手，攥了攥，悄声叮嘱说："一定留好啊，将来能用上。"

我一蒙，大过年的，怕旁边的都听见，忙打断他。见我不吱声，父亲变色道："那你把底片给我，我自己保存吧。"

"这是数码，没底片。"

父亲道："骗人！我才不信哩。"

我一时语塞。

"一张照片一张底片，哪能没有底片的道理，你别拿高科技糊弄我，我脑子清楚。"父亲催促说，"快听话，你现在把机器卸开，把我的底片还给我。"

街上的事物

我住在一条国槐荫蔽的小街上。它的样子还保留着20世纪70年代的风貌,缓慢、悠长、日光散淡。我喜欢在街上溜达,东瞧瞧、西望望,买几个锅盔(大饼),拎一把芹菜。这是一种类似小说的生活,充满了市声和油烟气,带着隐秘的欲望。

它背倚皋兰山——皋兰,乃是一种香草的名字,与兰花同科。如兰之城,就是"兰州"一名的由来——距黄河也不过才二里多路。在写下这行文字时,满街的槐花开了,那种暗淡的清香又符合诗歌的身份,有来路,但不需要追问。因为,一首真正的诗是拒绝剖析,经不起踏勘与究问的。它应该是一团浑圆的气息,扑面袭来,养人性情。

在小街的一角,有一个调料摊子。

三轮车的盖板上,摆满了几十只瓶瓶罐罐,里头约略有花椒、大料、肉桂、小茴香、丁香、白胡椒、木香、陈皮、白芷、姜片、白果、甘草和肉蔻等。这些名目,使人仿佛能窥见一座万物生长的植物园,一片葳蕤的植物,迎向四季。摊主是个四十出头的人，经年坐在凳子上，抽烟喝茶，打望着过往的行人，表情木讷，不苟言笑。说实话，我从未见过有人在他手上称过哪怕半两三钱的调料，似乎他从没开过张，但也不见他发急，去做别的什么营生糊口。每次路遇，我总心里一堕，很为他捏一把汗。有一年腊月里，我心血来潮地想煮一斤羊肉，便按着菜谱上的说明，在他那里买了一两小茴香。料没有用完，后来也不知所终，但替他开张过一次，见面总要点点头，各自闭住嘴巴。

早起时，他支妥摊位，将各色调料盒一一打开，摆定后，自己泥塑在一畔。傍晚收工了，他又挨个儿拧起来，骑行回家。我不了解他的家境，只知道他是调味品的主人，出售香料。残酷的是，他的那些杂乱的香料，还抵不上周围卖创可贴、内衣内裤、陇西腊肉、麻辣串及酱醋店、裁缝铺子、彩票店的生意红火。落雨时，他会支起一把大伞，护紧调料盒；日光沸腾时，各色调料会泛起奇异的光泽，像炖着一锅生活的内容。

现在，我似乎明白了。

事实上，我们每一个诗歌写作者，都有一个内心的摊位，需要悉心去守护，去经营，去秘密地保有。诗歌，不再是日常必需的盐，亦不再是沾满露水的大路菜；它只是一条修身的秘径，一种催问性灵的香料，不分寒暑，无论短长。在这样一个逼仄的时代，诗歌仅是一种奇迹的香草，却不再有身世和谱系。

但，盐是什么？

唯有上帝他老人家，才斗胆说："我是你们中间的盐。"

苏东坡和他的朋友们

风随着意思吹,吹到了元丰三年(1080)的初春。

两个小僧不敢上前,一直站在离茅亭七尺之外的地方,哈着手,跳着脚,目光焊在苏夫子的身上。两个小僧,一个叫修文,一个叫叶子,来了许多日了,却和苏夫子没搭上话。初春时节,一场几十年不遇的倒春寒来了,穿着白衣裳,在黄州一带徘徊。据说百姓们焚了纸符,求告上天,有几座寺里还公开作法,念了驱寒经,但都无济于事。白天还好,可一到了夜里,倒春寒的脾气就大了,打开口袋,把巴掌大的雪片吹到了田舍和旷野中。那几天,黄州不黄,反倒有点儿白。

葱白的白,石灰的白,天鹅的白。

这不,修文的脸上生了冻疮,十根指头像透明的红萝卜。叶子也好不到哪儿去,鼻涕冻成了一坨冰,哈出的气息像一匹白练,胡子眉毛一把抓,弄花了脸。离开禅寺有些日子了,晚上借宿在信众家,一大早起身就跑来这一片坡地,但苏夫子依旧躺在茅亭里,一动不动。——怎么说呢,他好像有些涅槃的味道吧。

叶子问："恐怕不妙呀，会不会灭寂了？"

闻听此话，修文在叶子的脑门儿上弹了一个嘣儿，不悦道："乌鸦嘴，趁早闭起。要是苏夫子……怎么说你，像你乌鸦嘴聒噪的那样，咱俩就回不了禅寺，做不了上佛的弟子了。"一念若此，修文竟有些恓惶起来。

叶子说："我这一世就是来供养上佛的，我不想被方丈逐出门。"

修文附和道："我也是。"

叶子凄凉地说："可方丈是一位说一不二的尊者，他派你我二人来这里求告苏夫子，要是带不回诗稿和墨宝，尊者准定发火，和尚这一碗饭你我就吃不得了。"

这时，修文指了指茅亭，灿烂地说："喏，苏夫子醒了。"

茅亭内，苏夫子果真撅了撅屁股，伸了个懒腰。两个小僧喜悦极了，忙移步上前，欲搀扶他起来。可世上的喜悦一般都会幻灭，这次也不例外。眨眼间，苏夫子换了个姿势，又睡着了，鼾声大作。风吹过了这一片坡地，裹挟着雪的味道，煞是清冽。这时，修文蹙起鼻子，嗅见了一种宿醉的气息。叶子也发现，苏夫子身上的那一件棉袍上，布满了一块一块的酒渍，诉说着夜宴欢歌的余韵。

修文忙合十，罪过地说："酒是魔鬼哟。"

叶子亦道："酒呀，真是不要脸的水。"

修文说："这魔鬼害得你我苦等了好几天，我诅咒它。"

叶子啐了一口唾沫,轻蔑地说:"这不要脸的水,我一辈子也不碰它。"

于是乎,只有耐下性子等了。——茅亭在这一片坡地的中央,大约有十亩。苏夫子的家在山顶上,屋瓦上挂着一缕炊烟,像坏了的墨笔,把天空都画脏了。站在茅亭往下俯瞰,那里就是有名的雪堂,据说是苏夫子天天晚上和友人们烂醉如泥、吟诗作画的去处。

茅亭不大,四根柱子支起了顶子,一尺厚的茅草趴在上面,好似戴了一块肮脏的方巾。风拂过,草茎上有一些似是而非的羽毛在飘,仿佛仙鹤在这里做过窝,如今飞到天外去了,杳无音信。每根柱子上都有一幅画,这让两个小僧开了眼了。

修文说:"听方丈讲,这个水上渔翁是苏夫子画的,这雪中寒林也是。"

叶子道:"但这个枯枝寒鸦不是。"

修文究问说:"怎见得?"

叶子眉飞色舞地说:"临来前,方丈对我说,这枯枝寒鸦是一个叫米芾的人画的。他是少年才俊,苏夫子赏识他,竟和他喝了半个月的不要脸的水。我发誓是真的,当时你去了茅房,你没这个福气听。"

修文说:"现在也不迟嘛。"

这时,茅亭外出现了一个滑雪少年,一溜烟儿地从山顶上滑了下来,身后漾起了一片白烟。见了两个小僧时,这少年身子一拧,停在了眼前。修文和叶子自小在禅寺里长大,没见过如此奇异的器械，惊得目瞪口呆的，还以为天外来人呢，忙往他的脚上瞧。原来，这少年的脚上各绑了一条竹片，竹片极薄，上面擦了猪油，所以能一路挣脱雪的束缚，把肉身变成一只鸟那样，擦着地面飞。

滑雪少年问完了情况，诡谲一笑，悄声说："别上他的当，他压根儿没睡觉。"

小僧们惊呆了："没睡觉？"

少年说："他呀，他在听今年的春苗长出来了没有。"

小僧们问："你咋知道？"

少年身子一矬，被一团风给卷跑了，往山下滑去，丢下一句话说："他是我爹呗。"

此时，茅亭里的苏夫子腾地坐了起来，嘟嘟囔囔的，吓得两个小僧忙藏在了柱子后边，慢慢偷窥。苏夫子抬起胳臂，绕过颈子，从脊背里扪出了两粒虱子。虱子站在他的指尖上，像两个光屁股的孽障鬼，一下子被严寒拿住了，动弹不得。苏夫子盯着指尖，不快地说："哎哟，人家在听今年的春苗，耳根需要清静才是，可你们两个小鬼一直在絮叨，絮叨了好几天了，刚才还吵了架，一个比一个的嗓门大，我不能不过问哟。"苏夫子哈了哈气，虱子们暖和了，低眉顺眼的，承认了错误。这时，苏夫子又绕过颈子，将虱子们送回了家，叮咛说："乖点儿，下不为例哟。"

登时，两个小僧扑了出来，跪在苏夫子的面前，磕头祷告说："谢谢夫子，谢谢给我们当面证法，开示我们。"

苏夫子撇嘴道："我没证法，我也没开示，千万别抬举我哟。"

修文说："此乃佛本生的故事。"

叶子亦道："我念了那么多的经，不如夫子刚才的一次证法。我，我有点儿开悟了。"

苏夫子打了哈欠，斜欠在了石几上，跷起二郎腿，慵懒地说："承天寺来的，还是定惠院的？"

修文合十说："果如寺的。"

孰料，苏夫子听了这句话，像针扎了一下，忙跳下石几，敛起衣袍欲跑。两个小僧早有防备，一左一右地奔了上去，各自抱住了苏夫子的一条腿，将他请回到了石几上。苏夫子哀叹道："一听果如寺的人来，我的头就大了。"

叶子趁机说："师父法体欠安，不能亲来。前几日奉了师父的指派，我们是来向夫子讨要诗稿的。一个冬天过去了，夫子没给果如寺施舍过诗稿，信众们天天都来打问，滞留在寺里不走，连印经堂里的刻版都干裂了。"

修文亦道："信众们盼着读夫子的诗篇来证法，眼睛都盼出了血。"

苏夫子被困在石几上，抓耳挠腮地说："问题是，我一整个冬天都没写了，囊中羞涩。"

叶子说："那你违约了。"

修文也说："按着你和师父的约定，违约一篇，就要追罚一篇，给两篇。"

苏夫子摇头晃脑，喟叹说："苦也。"

这时，日头出来了，银子一般的光芒泼洒过来，照在了这一片坡地上。坡地在黄州城外的东边，距最近的城门有三分之一里的脚程。黄州的百姓们喜欢叫这一片旷野为东坡，往年长满了蒿草和杂树，现在被雪这么一覆盖，洁净无比，甚是庄重。苏夫子眯起眼，抬头凝视着亭子上的茅草，若有所思。两个小僧生怕错过又一次的开示，也顺着他的目光望过去。——草茎上，雪融化了，一颗水珠牵着另一颗水珠，攀缘其上，身材修长，迎风挂着，仿佛佛陀用过的一串水晶念珠。问题是，这样的念珠太多了，挂满了茅亭四周，铮铮作响。先是有一颗珠子挂不住了，啪地跳下来，落在地上。紧接着，另外的珠子们也纷纷跃下来，荡漾成了一块块水洼，反着光。

苏夫子讶异地说："峨眉雪水呀，真可惜喽。"

修文悄声道："开始了，夫子开始作诗了。"

叶子也说："真仙人也。"

岂料，苏夫子拍了拍大腿，沮丧地说："你们来迟了。去年秋天我倒是写了一卷诗稿，可你们果如寺没派人来取，我就另作他用了。"

叶子慌了，忙合十说："用在了哪里？"

此时，苏夫子的脸上飘过了一丝狡黠。他抬起身子，指点着茅亭之外的坡地说："这山腰上的一片地，我都种了麦苗，我听见它们安然无恙，现在开始发芽了。苦恼的是山脚下的那一片，我去年种了不少的诗，到现在也没什么动静。"

修文狐疑了，究问说："种了诗？"

苏夫子点头，笃定地说："是呀。你们果如寺的人没来取诗，再者，我也怕你们拿回去劳苦，点灯熬油地在樱桃木板上雕刻，还要印成一叶叶诗页，给信众们散发，所以呢，我就种在地里了。我寻思，等到了秋上，这些诗枝繁叶茂、硕果累累了，信众们出了城，随便摘下一叶，就可以读诗参悟，大家一起证法了。"

修文伏下了身子说："夫子，你真是悲深愿重呀。"

叶子也称颂道："夫子佛雨洒布，广拔众苦啊。"

苏夫子会心一笑，却道："可惜喽，我苏轼一介农夫，却看不见今年的收成了。这些诗有没有发芽，慧根若何，我真是揪心死了，所以才趴在这个茅亭里听消息。"

叶子说："那我俩去挖吧，挖开看看。"

修文也道："有道理！人荒地一时，地荒人一年，不能误了时节，现在就挖。"

那一段天气晴好，日光如炭，坡地上的雪都融化了，漫山遍野的。

山脚下，一片洼地已经被挖开了，雪水灌了进去，几乎淹成了一座池塘。两个小僧仿佛泥人，一个举镐，一个执锹，站在水坑里挖掘不辍。偶尔，修文和叶子直起身子时，看见茅亭以上的麦田里青翠一片，苗子足足有一拃长了。坡地上的菜蔬和杂树们也是鹅黄浅绿地开满了花朵，蜂飞蝶乱，一片妖娆。

可唯独脚下的这一方薄地,砾石翻滚,寸草不生,更别说掘出什么诗稿来。

却又不敢去打问。

因为,这些天来,苏夫子家里来了不少的客人,有潘酒监、郭药师、庞大夫什么的,更要命的是一个叫陈季常的家伙,带了老婆来。他老婆马脸,颊上有芝麻斑,老公一端杯,她就举起蒲扇大的巴掌,抽老公的脸。最最要命的,这婆娘动辄就要吼上一嗓子,和母狮子大叫一般,令人短暂失聪,恨不得一头钻进十八层地狱里躲一躲。他老婆还有一句口头禅,说村酒虽好,可不要贪杯啊。

苏夫子是东家,垒起七星灶,铜壶煮三江,在茅亭里设宴款待,自然不便发火。但修文观察了一下,说苏夫子之所以昼夜狂饮,喝得人事不省,只为了把耳朵关上门,不听狮子吼。叶子也说,我闻见墨汁的味道了,说不定呀,苏夫子在构思,在怀胎,在孕育诗稿呢。——这么一想,两个小僧便释然了,继续弯下腰去,埋头朝地球深处挖掘。

叶子问:"诗真的能破土发芽,自己长出来吗?"

修文回说:"苏夫子说能,那当然就能了。"

叶子又问:"出家人不打诳语,苏夫子他只是一位居士呀。"

修文不悦道:"不可妄语!师父说过的,这苏夫子是一位现世佛,俗眼人看不见,还当他是皇帝流放下来的罪人呢。"

叶子忙合十:"阿弥陀佛!"

像在验证这一句话。——突然间,从水面之下冒出来了一截竹筒，漂在了两个小僧的眼前。竹筒有握拳那么粗，有一个半肘那么长，小舟似的，在水面上晃来晃去。叶子扑了过去，抓住了它。修文抱在怀里一瞧，竹筒是蜡封的，外壳上镌着一行字：

　　种诗得诗　元丰二年冬　轼

不由分说，两个小僧慌忙上了岸，洗净了腿上的泥浆，朝坡地上的茅亭里跑去。叶子大喊，找见了，找见诗稿了。修文也喊，夫子，完好无损呀，水没有渗进去，墨香犹在。这时，茅亭里的人们都听见了，纷纷起身，礼让再三，请两个小僧入了座。

石几上，酒肉早已撤去，香烟袅袅，正中央供了一尊佛龛。龛下是一枝枝春花，花香四溢，仿佛刚刚从天庭、从佛陀的花园里摘采下来的。

苏夫子亲手打开了竹筒，将一卷新鲜的诗稿交给了修文，喜悦道："幸不辱使命，请你们捎给果如寺的信众吧，大家一起来参悟。"

叶子说："夫子，这诗稿真是你种下的吗？"

孰料，苏夫子哈哈大笑，客人们也乐不可支，搞得两个小僧愣头愣脑的，不明所以。这时，苏夫子弯腰一捃，老练地说："还得谢谢两位小僧哥呀。天一热，这漫山遍野的雪花融了可惜，流入江河里更可惜，所以我略施小计，劳苦你们，让你

211

们替我挖了这一片湖,好让峨眉雪水停在黄州,解了我的乡愁之苦。"

修文不解道:"可,可这不是湖,是一个水坑呀,泥沙泛滥的。"

苏夫子捻须,目光精射,慨然说:"尘埃与悲苦总会消失的,泥沙也会,世间万物都会有澄净芳香的那一天。这个湖现在还小,可它着实是一片圣水,应了人的心愿,将来也会慢慢长大,一定会福泽黄州的百姓。"

叶子问:"那它该叫什么?"

苏夫子道:"这是上天的赏赐,也是上佛的爱所降示的。嗯,就叫遗爱湖吧。"

茅亭里,众人咂摸着这个名字,遗爱湖,遗爱湖,纷纷称许。

天色将晚,仙鹤还巢,就在两个小僧依依惜别,打算返回果如寺时,苏夫子将那一卷诗稿装进了竹筒里。——这一刹那,修文眼尖,忙取出了诗稿,在众人面前依次展开,却发现苏夫子忘了署名。叶子机灵,忙去研了墨,告了笔,款款呈给了苏夫子。

小僧们道:"有请夫子!"

苏夫子环望了一番坡地上的春色,一缕晚霞落在了他的印堂上。茅亭外,湖光潋滟,青苗吟哦,大地渐渐地隐入了苍莽的暮色中。这时,那个滑雪少年也进来了,将一盏油灯拨亮,照在了诗稿上。苏夫子会心一乐,援管下笔,签下了四颗字。

叶子生疑地念道:"东坡?"

修文又念了后面的：“居士！”

这一刻，苏夫子笃定道：“身在黄州，亦自有其乐耳。从今天起，我就脱胎换骨，躬耕陇亩，自号东坡居士吧。”

元丰三年，春。一个滚烫且崭新的名字落在了宣纸上：东坡居士。

下 扬 州

　　看见那块发亮的门头时,我就知道自己有救了,忙喊停了车,跳将下去。这里毗邻扬州大学,晚课后的学子们熙熙攘攘,与我一样,提着饥饿的胃,张着贪婪的眼,徘徊在这一条街上,嗷嗷待哺。我反倒不急了,在门口拣个凳子坐下来,让年轻人们先一饱口福。

　　烟花三月,街灯摇曳,空气中挤满了湍急的柳絮,也送来了一丝植物的暗香。

　　在这样的良宵,能邂逅一碗我梦寐以求的面食,我哭的心都有了。我必须坦白,我的胃就是一介贫下中农,走的是西北特色的面食路线,死不改悔。行旅扬州,白天皮包水,晚上水包皮,面对主人的热情和一桌子牙雕般的珍馐美食,我竟然不被诱惑,兴趣寡淡,好像三魂七魄都在半空中游荡,柳絮似的无根无凭,始终安放不在身体中,也难以入眠。这不,深更半夜的,我叫了一辆的士,偷偷摸摸地出来觅食,叫魂一般。

　　走了一拨儿人,又来了一拨儿,学子们风卷残云,丝毫不给我机会。门头的牌匾上镶着几颗大字：正宗兰州拉面，我磨着牙，饥肠辘辘的。我闻见了熟悉的味道，我的胃张开了血盆大口，舌下生津，储满了一水库的哈喇子，随时决堤。我点了烟，搪塞着自己，想再等一等，以时间换空间，进行最后的总攻。

后来，他从门里踅了出来，拾桌上的碗，一眼瞭见了我。

我谄笑，用了方言说：喏，给我下一碗二细！

他愣了愣，触电似的，盯着我面前的烟盒。他迅速恢复了表情，将手里的一摞脏碗送进了门内，跟一个伙计耳语一番，又掉头返回来。

他问：你是兰州来的？

他顺手拿起了烟盒，瞅了一眼。烟是黑兰州，这确凿无疑。

我说：听口音，你是临洮的，离兰州城不远嘛。

他回说：今日个打烊了，你想吃的话，明天来嘛。

我苦涩极了，哀告说：你凑合一碗吧，明天我还有公务呢。

他笃定地说：卖完了。

讽刺的是，这时又来了一对学生情侣，坐在旁边的桌上，伙计热络地招呼着。不一会儿，两碗热腾腾的面端了出来，情侣们吃得山高水长，让我几乎晕厥了过去。

他自辩说：就因为你是兰州来的，不卖给你……除非！

我忍辱负重地问：除非啥？

他咧笑，按住了我的肩膀，宽慰道：除非你不急，先跟我说一阵子家乡话吧！

一来二去，我们聊上了，像故友重逢。

他肤白，团脸，上面浮着一层和气，鼻梁上架着一副金丝边眼镜，斯斯文文的。他解下了围裙，退下了袖套，如果不明底细，你会以为他是围墙内的学生，而不是这家小面馆的掌柜。他点了一根黑兰州，贪婪地吸了几口，很过瘾的样子。烟是一种媒介，三支之后，他彻底解除了警惕，变得话痨了起来。

他说：刚才，我还以为你是来抓我的。

我讶异了：抓你？谁抓你？

他灿烂地说：还能有谁呀，梅花她家的人呗。——这时，他冲着门内大吼了一嗓子，嚷嚷说，别磨蹭啦，饱汉不知饿汉饥的，手脚利索些。他转身，对我解释说：梅花是我老婆，挺不错的一个女人，我觉得值，我不冤。

我立时明白了，他的轻描淡写中埋伏着一个坎坷，一场爱情的事故。我好奇了起来。

他说：下扬州，就要选择这个季节，毕竟烟花三月嘛。

我再递给他一支烟。

他徜徉地说：那一年，我和梅花逃难来到了扬州，也是三月的天气。你要是不急，我就用家乡话讲讲我的故事吧，我都快憋死了。

我恳切地点了点头。

他打开了话匣子，接续道：……嗯，我是个逆子，我已经三年多没回临洮了，更别说在父母亲身边尽孝，我亏欠太大呀。我爹妈都七老八十了，在原先的庄子里没脸活下去，怕乡亲们戳脊梁骨，搬走了，单月在姐姐家住，双月在我妹妹家。农村人比较封建，住在出嫁了的女儿家是一件丢人的事儿，但这也没办法。你懂的，在甘肃，临洮的建筑队很有名，梅花她爹就是一个工程队的老板，她家的势（力）很大，威胁要打断我的腿，挑了我的筋。

别的原因没有，就因为梅花。说了你别笑话我，梅花原本是我嫂子，准嫂子。

我高考落榜了两次，后来考上了铁路的一个技校。技校没前途，我也对自己的信号专业没兴趣，整天吊儿郎当的。我在校时，我哥就带着梅花出来混了，他俩是小时候的同学，早恋的那种。那时候梅花家没反对，她爹也顾不上反对，因为她爹还在创业期嘛。他们租住在技校旁边的一间平房里，我哥白天在货运站打工，晚上自己跑摩的。

住在学校旁边，这是我哥的主意。我哥知道我娇生惯养，从小就是面肚子，离开了一碗面，成天蔫了吧唧的，跟大烟鬼一般。梅花的茶饭好，会擀面，会烙饼，会揪面片，会拉面，夏有夏的吃法，冬有冬的稠饭，一日三餐，一个礼拜都不重样。下课铃一响，我就跑了过去，那里等于我的厨房，给我开了小灶。

其实，梅花比我还小半岁，那时候我就喊她嫂子了，她也不恼，管教我很严。

后来就出了事，一提起来，我的眼睛就会流血。……我哥真不易，一个人养活我和梅花，不让梅花出去打工，专心给我做饭。一到晚上，我哥就在兰工坪一带跑摩的，挣的毛毛钱。

除了拉人载客,我哥还给山上的人家送煤气罐,那里没通天然气,还在用煤气罐。送一个充了气的罐子,我哥能挣五块钱。我见过我哥的样子,摩托车后座上捆着三四个铁罐,上山的时候车子打着黑屁,很艰难。我没帮过他一次,我怕同学们看见,我嫌丢人。

出事了,警察拿着我哥的手机,拨通了梅花,梅花当时就瘫了。

我自己去了现场,120刚走,把我哥拉走了。肇事的卡车司机说,当时天黑了,又开始下雨,我哥骑着摩托车出现在了车灯里,不巧的是,捆扎的绳子突然断了,一个煤气罐掉了下来,我哥一下子失去了平衡,就那么没了,摩托车成了一堆废铁,责任全都栽在了我哥的头上。……我的眼睛里能哭出血来,真的,也就是到了扬州之后,我渐渐淡忘了,我慢慢恢复了过来,包括梅花也是。

扬州养人。在扬州,我和梅花心上的血痂掉了,长出了新肉,没了伤疤。

以前可不是这样,以前我像一条狗,带着梅花东躲西藏的,就怕被抓了回去。……料理完我哥的后事,庄子上的风言风语就起来了,说梅花命太硬,克夫,一般人降不住。其实,我哥和梅花还没领结婚证,顶多是未婚同居吧。在临洮待了半年多,梅花受不了人们的唾沫星子,就跑了出来,跑来找我,反正是不想活了。那一段时间我在毕业实习,我就安排梅花住在了女生宿舍。将就了一阵子,我就毕业了,毕业等于失业嘛。

我从没梦见过我哥,但我觉得必须继承他的遗志,一定要照顾好梅花。

那时候,她爹已经发达起来了,土豪,资本家一个,手下的恶棍不少,鼻子也尖,找见了我和梅花,把她绑架走了,听说要把女儿嫁给乡上的一个干部。那个干部中年了,丧偶,有一对双胞胎。梅花性子烈,假装服软了,却在婚礼的前几天跑掉了,还撬走了她爹的一笔钱,跑到兰州跟我会合,我们连夜上了一趟火车,去了四川。

在成都郊外,梅花做主,我们开了一家拉面馆。在这一点上,我信赖梅花。

拉面馆的生意很不错,回头客也多,梅花的茶饭手艺派上了用场,她还招了两个徒弟,达州来的,手把手地教。日子一安顿下来,人也就麻痹了,梅花开始想她妈,想得前胸贴后背的,经常拔自己的头发。有一次,梅花忍不住了,偷偷给家里挂电话,这下暴露了行踪。那天,梅花去医院里看牙,徒弟们也跟着去了,我一个人守在馆子里。

冷不丁,进来了几个人,嚷嚷着要吃面。我从他们的口音里听出了麻烦,刚开始却没留意。等我端着热腾腾的面出去时,发现他们阴着脸,嘴上叼着黑兰州。喏,就像你现在的样子。没等我反应过来,他们就动了粗,挟持了我,自称是梅花她爹派来的,要我把梅花交出来,还污蔑我拐卖妇女。呵,这个罪名太大了,我可受用不起呀。

好歹我也是一个男人,我不能对不起梅花。我反抗了,将几碗滚烫的面泼在了他们头上。

我找见了梅花,辞掉了她的徒弟,连夜跑到了重庆。重庆也不保险,于是坐着轮船往下游漂,这么着来到了南京。那一段时间,我和梅花惶惶不可终日,没敢出门,成天待在小旅馆里唉声叹气,但凡碰见西北口音的人,我们就觉得完蛋了,杀手来了。梅花说,干脆死吧,死了让我爹亏心一辈子。我也犹豫着,知道自己这辈子再也扬不起头了。

巧了,旅馆的抽屉里有一沓明信片,可能是前头的客人留下的,扬州的风景,美极了。扬州,或许会让一个人的脑袋扬起来,不再窝囊,能活出个人样儿吧。

那时候,我和梅花的关系还没明朗,中间隔着我哥,我哥是一种无形的存在。逃难时,我们好像三个人一起上路的,不分彼此,也没有性别的意识。也是在这个季节,烟花三月吧,我和梅花头一次来到扬州,苦哈哈的,心里装满了苦胆和黄连,落难极了。反正要去死,我们就开始挥霍,逛了个园,逛了宋夹城,浪了好几遍瘦西湖,吃遍了扬州的各种小吃,听了扬州小调,泡了澡。唉,比起咱西北的焦山渴水、荒山秃岭,扬州的美不像是真的,美得像一场梦,不愿醒来。那时候的柳絮也像今天一样,梅花说,要是真的死了,我们就跟柳絮差不多,没人记得,太可怜了。对了,你逛过梅花岭上的史公祠吗,那里有一副对联挺好,数点梅花亡国泪,二分明月故臣心。梅花她生错了地方,她在前世里可能就是扬州的,她一到了扬州,心思开始动了。

有天早上,天还没亮透,梅花就拽我起来,一口气跑到了观音山西面的大明寺。

梅花很迷信,买了鲜花和水果,点了香,磕了响头,还让我跟她一样祷告。下了山,梅花郑重地说,我把你哥送走了,现在就剩下了咱两个,咱们干脆不死了,好好活着,开一家拉面馆,我天天伺候你吃面吧,有面吃,你就不会想家了。……长话短说,那天晚上,我和梅花就成了夫妻,我们喝了一场酒,把肚子里的眼泪都哭光了。

刚开始很难,因为选错了地段,面馆的生意很差。

牛肉拉面,也讲究一个食材,但这里卖的不是牦牛肉,而是黄牛的,熬煮出来的汤不是那个味道,不醇厚,后味不足,当然水质和调料也是一个问题。再说了,扬州人的嘴太刁,这里的美食精细到家了,一块豆腐皮都能切成一团毛线丝,让他们来吃大手大脚的拉面,尝个鲜可以,但回头率不高。嗯,不过现在好了,阿里伟大,网购真是一种先进的生产力,我下了单,青海的牦牛肉隔天就能到货,质量稳定,也新鲜。

梅花动了脑子,骑着车子满城转悠,终于租下了这个店面。

这里的好处就是学生多,学生们和我当年一样,处于正在长身体的阶段,胃口大,口也粗,不挑三拣四的。说了你也不信,我的拉面一碗十二块,另加一份肉,也只收六块,但是量大,一碗就能吃得打饱嗝,不像扬州当地的美食,讲求档次,七碟子八碗的,吃完了还撮牙,感觉只有六七分饱,所以学生们的回头率高,碰上赊账赖账的,我也睁一只眼闭一只眼,从不计较。我是当学生过来的,我知道谁都有难处嘛。

喏,除了这个店面,我在楼上还租了一室一厅,家就安顿在了上面。

在扬州城,这里就是我的小地盘。我和梅花不偷懒,天不亮就起来干活儿,早早和伙计们开门营业,和面的和面,调汤的调汤,吆喝的吆喝,一直干到下午。其实,下午也没消停,还得大火煮肉,预备第二天的汤汁。晚上更忙,忙得连咳嗽的工夫都没有,得随着学生们的作息时间才行。后半夜上床睡觉时,骨头都快散架了,但看着手里的一沓子"毛爷爷",我感觉不累,浑身有使不完的力气。

现在太先进了,我虽然不能给爹妈尽孝,但我加了姐和妹的微信,她们经常拍一些爹妈的照片发过来,有时候还有语音,但那不过瘾,不如我这么当面唠叨。梅花她爹还在钻牛角尖,但我爹妈想开了,不管咋说,梅花是他们的儿媳妇嘛。

我知道,这都是扬州带给我的福分,扬州是我和梅花的风水宝地。

这时,他扔掉了烟蒂,转身朝着门内又吼了一嗓子,典型的乡音。

——来了!

话音未落,一个眉清目秀、飒爽干练的女子应声出门,手里端着一个托盘,将一碗喷香四溢的拉面搁在了我的面前。红的是辣椒,绿的是蒜苗与芫荽,黄的是一根根面丝,清透照人的是鲜汤。一嗅之间,我几乎陶醉了。

我望了望她,知道她就是梅花。

梅花灿烂地说:老家哥,你尝尝我的茶饭,给提个意见吧。

他附和道:嗯,这是梅花刚才专门给你特制的一碗,不是卖给学生们的那种。

我惊讶了:特制的?

他狡黠一笑:在扬州城里卖拉面,我得适应当地的口味呀,给学生们的那叫混搭,混搭是一种时髦。说白了,一方水土养一方人,适者才能生存嘛。

这时,梅花解下了围裙,落落大方地盯着我,等我给她的手艺提意见。梅花显得很臃肿,肚腹隆起,一只手骄傲地抚摸着。我道了祝福的话,忽然间没了饥饿的感觉。他自嘲说:嘿嘿,这叫生米煮成了熟饭,等我把娃娃抱回家去,她爹一定会后悔得碰墙呢。

梅花打了他一下,娇嗔说:哼,你又在揭我的短。

他满足地说:听见家乡话,我就不打自招了,不能怪我。

我诚恳地说:以前呀,咱西北的穷亲戚们为了讨生活,经常去天府之国的四川背茶叶和盐,所以留下了那首著名的民歌《下四川》。现在你们不同了,你们是为了爱情才来到扬州的,我冒昧地编一首花儿歌词,送给你们吧。

于是,在那个乱花迷眼的午夜,在静谧如天堂般的扬州,我悄声漫唱道:

玉石铸下的观音山,

我把你供上；
象牙镶下的白牙齿，
你给我笑上。

百花栽下的瘦西湖，
我把你追上；
扬州织下的花绸缎，
你贴身穿上。

白银打下的蜻蜓簪，
我给你戴上；
金丝缠下的双筷子，
你给我含上。

一生积攒的热肝肠，
我为你端上；
缘分种下的人世里，
你把我跟上。

探 班 记

天空深蓝，碧空如洗，航班抵近首都机场前，画出了一个优美的弧线，让我能清晰地看见燕山山脉，以及大地冷凝的表情。——山峦深处，在门头沟的灵水村，长篇电视连续剧《我们光荣的日子》正在如火如荼地拍摄当中。作为编剧，与其说是去探班，不如讲是去朝觐，去共度，去陪伴，去邂逅一场漫山遍野的大雪。

今年的这场雪，北京等得好苦，剧组也等得好苦。我身处兰州，黄河两岸竟然也冬阳高照，温煦如春，不见一星半点的下雪迹象。自入冬开始，我便频频给剧组挂电话，发短信，询问天气，打探雪花的消息。我天天盯住天气预报，我粉了柯蓝、唐曾、练束梅、刘立伟等一干主演的微博，像一座气象台的高清雷达，全天候开机。那一段儿，我的确阴暗，对诸如西伯利亚寒流、暴风雪、强冷空气压境等术语充满了幸灾乐祸的渴望。是的，有好几次我都差一点儿得逞，我恍惚看见临近片尾时，剧中那一群忍辱负重的民办老师们终于挺直了脊梁，在漫天大雪的洗礼下，走向新的一季春天，从此高山流水，鲜花烂漫。

这不，剧组来了电话，说山里天气变了，估计有喜。恰值圣诞节刚过，元旦将至，我笃信这一场呼啸的大雪会和我一样，翩然落地，把全北京下白，用洁白的羽毛把燕山覆盖。燕山雪花大如席，仿佛自古皆然。我喜欢木心说过的一句话：我是那黑暗中大雪纷飞的人。我念叨着这样的诗句，自嫌诗少幽燕气，故作冰天跃马行。我终于空降下来了。

孰料，一仰头，天空那么深，干净得像一面佛龛。

来不及计较，埋头往山里狂奔。心里安慰自己说，非名山不留僧住，是真佛只说家常，说不定这场雪就在山里等我，我跟它有一个秘密的契约。——在将近一年的剧本创作中，我始终在吁请它，供养它，礼遇它，仿佛在酝酿一种人生的庄严。出了北京城，山路逶迤，暗夜如铁，经过四个多小时的车程，终于抵达了斋堂镇的中坤度假村。这里是剧组的驻地，距河北地界只有40公里，远离尘嚣。

忙不迭地入住下来，却发现楼上空空荡荡，杳无一人。一打问，才知道今晚上有一场夜戏，剧中界河小学的孩子们要朗诵莎士比亚，全部人马都在片场待命。我不能掉队，忙唤来司机，马不停蹄地往片场赶去。

灵水村，古色斑斓，层峦叠嶂，此刻像一个酣睡中的婴儿，蜷缩在大山的褶皱里。灵水村亦称举人村，耕读传家，民风淳朴，曾一门五举，惊动京师。这几年，随着章子怡和郭富城主演的《最爱》以及热门节目《爸爸去哪儿》在这里的拍摄，灵水村成了一个旅游热点。整个夏秋，我在兰州家中或北京的宾馆里挥汗如雨，一场接一场地铺排情节，演绎故事。导演则带着一个车队，在莽莽群山里奔行，寻找最佳的拍摄地点。那一日，导演将一摞照片交给我，兴奋地说："有了！"

我问："这什么地儿呀？"

导演答："灵水村，一门五举，文脉深广，源远流长，正好契合咱们的戏。"

我回说："老天襄助啊！"

导演刘淼淼，圈中人尊称淼叔。淼叔被称誉为中国"金牌剪辑师"，曾与徐克、许鞍华、关锦鹏、陈凯歌等合作过，代表作有《集结号》《天下无贼》《夜宴》《雍正王朝》《玉观音》等，获奖频频。近几年来，淼叔与黎叔（导演张黎）还一起执导过《人间正道是沧桑》《圣天门口》等热播剧。我的意思是，导演的名字里有六个"水"，如今又有了一条灵水，可谓万水归一，气象不凡。导演也敏锐，回说，那你还是扁舟一叶呢。那时，我们都相信，这是一个吉兆。

于是，在稠密的夜色中，我一苇渡江，登上半山腰，到了片场。

眼前的界河小学，沉浸在一片20世纪80年代的氛围中。它的气息，它的标语和陈设，它的黑板报与粉笔字，它的炉渣跑道，它斑驳的油漆，它乌黑的瓦和屋顶上的枯草……一切都像极了我求学时的景象,也是剧中明爱芬、余学军、孙五湖、张映紫等民办老师们寄身的场所。我知道,这是剧组投入巨资、临时搭建的一所学校。我也明白,那些在稿纸上所演绎的爱和恨、伤心与离别,那些滚滚消逝的旧日子,将在这里"复活"。

身为编剧,我有一点儿小激动,却不踏实。

此时,操场上篝火熊熊,一面辽阔的国旗在风中展开,猎猎有声。门楼上,一块"斯文在世"的牌匾古色古香,泛出青铜的光泽。有一对夫妻树,一棵是银杏,另一棵也是银杏,落净了叶子,前世今生地凝望着这一片校园。光影中,孩童们正在舞台上排练,上百号群众演员在烤火取暖,等待开拍的指令。我悄然而入,去和森叔打了招呼,看见主演们都在抓紧补妆、对台词、整理服装。——那一刹那,我突然想起了雪。一场设计中的大雪居然爽约了,心里不免担忧了起来,这戏该怎么拍呀?

不敢看监视器,悄悄退了出来,我抬头问天,却发现繁星密布,银河璀璨。该死的雪,我简直失望极了,眼睛里能哭出血来。——在剧本中,故事应该是这样的:界河小学的师生们在校园被强拆的前一夜,顶着朔风,冒着严寒,在铺天盖地的大雪中唱歌、朗诵、坚守,苦中作乐,等待着命运的转机。雪是背景,也是故事,更是一种神示。我在操场外彳亍着,看了看运动表,已经零下20℃了。

零点已过,山风愈加肆虐,寒自心生,奇冷无比。我周围是孩子们的爸爸妈妈,一个个拿着暖宝,拎着羽绒服和大衣,跟我一样跳着脚、磕着牙,瑟瑟发抖地盯着舞台上的小宝贝们。可那些孩子浑然不觉,有模有样地跟着副导演在排练,热火朝天的,仿佛他们一直生活在童话城堡里,游荡在梦中。是的,圣诞节刚过,我明白没了这一场雪,这个大山深处就不会有马拉的雪橇,也不会有一位红衣老人夤夜而来,送上糖果和祝福。

我有点儿内疚,觉得亏欠了孩子们。

长篇电视连续剧《我们光荣的日子》,改编自著名作家刘醒龙先生获得第八届"茅盾文学奖"的长篇小说《天行者》。本书是刘醒龙早年作品《凤凰琴》的扩写和续编,包括《凤凰琴》《雪笛》《天行者》三部分。当年,中篇小说《凤凰琴》出版后,曾引起了巨大的社会反响,并获得了"五个一工程"奖、庄重文文学奖等诸多奖项。根据《凤凰琴》改编并由李保田、王学圻主演的同名电影曾横扫各种奖项,被称誉一时。

小说《天行者》是一阕灵魂之曲,一首悲壮之歌。它以温情的笔调,描述了中国农村四百万之众的民办教师们,在极其艰苦的环境下,担负着为义务教育阶段的亿万农村中小学生们"传道、授业、解惑"的重任,以及他们的心路历程。它以诚恳的笔触,抒写了这些"在20世纪后半叶中国大地上默默苦行的民间英雄们"的苦难与高贵。小说甫一出版,曾制作了《士兵突击》《我的团长我的团》等精品大戏的金牌制作人吴毅便慧眼识金,第一时间买断了该书的影视改编权。作为多年的至交,刘醒龙先生推荐我担纲编剧,并嘱我放手一搏。坦率地讲,我虽然应承了下来,但感觉身上压着三座大山,其一为获奖作品的改编难度，其二是兄长的信任，其三则是公司的巨额投资。

犹记得前一年的冬天，和著名编剧邹静之在香山下对饮。我探问说，改编《天行者》应该把握什么？静之兄笃定道，一个字：气。当时，淼叔和黎叔正在首钢附近的一座建筑工地上拍《九年》，我前去探班，问了同样的问题。淼叔不假思索，慨然说，写温度，写那些乡村教师们滚烫的血。制片人吴毅也告诉我，一个大公司除了做市场，也应该担当起社会责任，传播真正的正能量，这部戏应该去探究中国现代化进程的深层脉络，它不仅要对社会现实有一种深度关注，更是对那个纯真年代里一批民办教师的深情礼赞。

由此，我确定了创作的方向：不哭爹喊娘，不矫情，不诉说苦难，只为呈现一种责任、担当和勇气。接受任务后，我查阅了大量的资料，拜访了不少教育界的专家和学者，还走访了甘肃境内几个贫困的地县。幸运的是，七月流火时，我20年前曾经教过的学生们从天南地北赶来，在兰州聚会，有几位的家人就是基层的民办老师。我对话，我访谈，从而获得了大量珍贵的第一手资料，若清泉之水，注入到了剧本中。

后来，《我们光荣的日子》临近杀青，我在北京接受记者采访时，将这部戏比喻为"中国版的《燃情岁月》"。

恍惚中，我听见深夜的界河小学上空，传来了降央卓玛的女中音。没错儿，《深深的海洋》，南斯拉夫民歌。歌声似水，一瞬间弥漫在了校园里。气氛登时肃穆了下来，孩子们各归其位，所有的群众演员也都屏声静气。我和年轻的父母们蜷缩在一角,既像亲友团,又像战争年代的支前队员们,不再寒冷,也不再哆嗦。

扩音器里,淼叔发令说:准备开拍!

"开拍!"

霎时,一场铺天盖地的大雪澎湃而至,从四面八方砸向了原本凄清寒冷的操场,涌上了村小的舞台,落在了师生们的身上。这一场强悍的大雪,灿烂,恢宏,高调,像一幕歌剧式的咏叹,更像一场重金属的摇滚。我先是发呆,双膝如木,继而周身战栗了起来,不知所措。我明白,这是朝圣的一刻。我在内心一直供养的那一份祈愿终于降示了,兑现了,全美了。我有些失明,忙闭上眼睛,任由纷纷扬扬的大雪和山风将我吹拂,予我安慰,也给孩子们带来一丝欢乐和奇迹。

当然,正如你猜测的那样,这不是暴雪。——这是片场上无数盏炽烈的灯光,带来的一场雪崩,沸腾眼前。

我如愿了。此后的几天里,我安静地坐在淼叔的身后,一起盯着监视器,看明爱芬老师如何带着她曼妙的青春、倔强的梦想和内心的挣扎,捍卫校园,护佑孩子们,最后死在了校园里;看年轻美丽的张映紫老师怎样抽枝发芽,盎然一气,成长为新一代的乡村女教师;看余学军这个真正的汉子怎么被淬炼,被折磨,而后像使徒一般扛起命运的击打;看吴军和练束梅这一对恋人,如何化险为夷,又怎样陌路一方;看孩子们怎样在严寒过后,鹅黄浅绿地开遍了整个大山,童声嘹亮;看这些寂寂无名的天行者、乡村教师、布衣先生们,如何像寂寞的山谷里开放的野百合，与春天同驻，芳香四溢，流布远方。

奇怪的是，在我探班的那几日，天天都是重头戏，也都是夜戏，每天都要在后半夜才能收工。可无论如何,在每次开拍前，我都会顶着寒风，兀自守在操场上，等待那一刹那降临。——真的，那不是一场大雪，那是一幕伟大的雪崩，就像所有光荣的日子，守护着那些"默默前行的民间英雄们"，守护着孩子们和课本，守护着整个剧组。

就像西谚所云：为了太阳，我来到了人间。